走近智慧

学习是知道别人怎么做
思考是知道自己该怎么做

魏文涛◎编著

南方日报出版社
NANFANG DAILY PRESS
中国·广州

图书在版编目（CIP）数据

走近智慧 / 魏文涛编著. -- 广州 : 南方日报出版社，2015.9（重印）

ISBN 978-7-5491-1261-6

Ⅰ. ①走… Ⅱ. ①魏… Ⅲ. ①随笔－作品集－中国－当代 Ⅳ. ①I267.1

中国版本图书馆CIP数据核字(2015)第126466号

ZOUJIN ZHIHUI

走近智慧

编 著 者：魏文涛
出 版 人：周洪威
出版发行：南方日报出版社
地　　址：广州市广州大道中289号
责任编辑：史成雷
封面设计：劳华义　周　勇
责任技编：王　兰
责任校对：阮昌汉
经　　销：全国新华书店
印　　刷：广州市岭美彩印有限公司
开　　本：889mm×1194mm　1/32
印　　张：10.75　彩插：0.125
字　　数：210千字
版　　次：2015年7月第1版
印　　次：2015年9月第2次印刷
定　　价：48.00元

投稿热线：（020）87373998-8503　读者热线：（020）87373998-8502

网址：http://www.nanfangdaily.com.cn/press

如发现印装质量问题，影响阅读，请与承印厂联系调换。

2015年春

魏文涛，湖北汉川人，硕士研究生。1986年入伍，现任武警广东省总队副参谋长，大校警衔。

他入伍30年来，多次带领部队完成打黑除恶、解救人质、抢险救灾等急难险重任务，荣膺“全军践行当代革命军人核心价值观十大新闻人物”“全军十大爱军精武标兵”“全军十大学习成才标兵”和第十三届“中国武警十大忠诚卫士”，先后荣立一等功一次、二等功一次、三等功六次。曾出版《新时期部队建设箴言妙语精粹》《走近智慧》等著作。

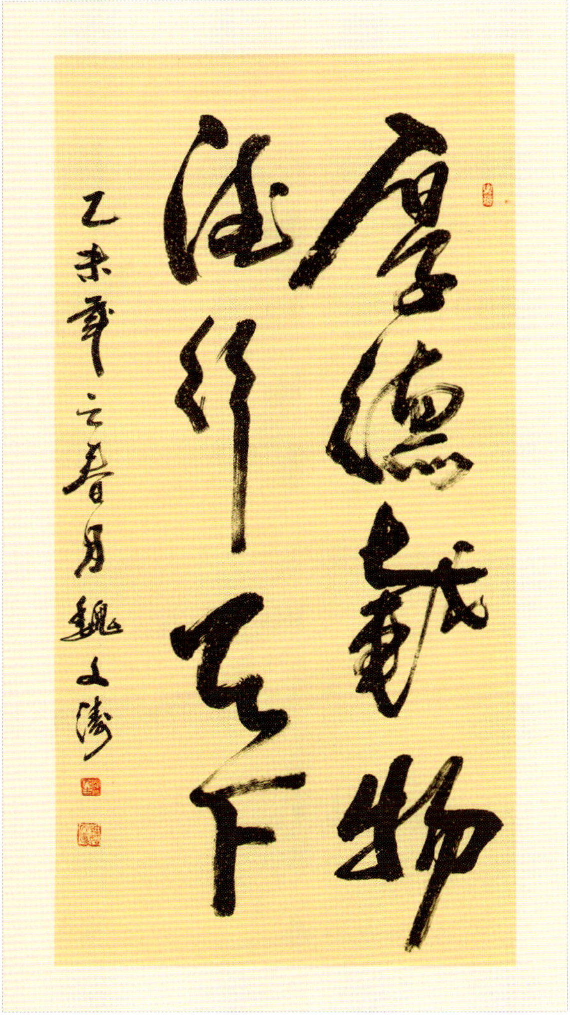
厚德载物
乙未年

目录

立志篇

有目标的人睡不着，没目标的人睡不醒。

成功篇

成功就是做别人不愿做的事，做别人不敢做的事，做别人做不到的事。

社会篇

做人的格局有多大，成功就会有多大。

为政篇

为官要捧着乌纱帽为民干事，而不能捂着乌纱帽为己谋私。

幸福篇

真实的幸福就是白天说说笑笑，晚上睡个好觉。

情感篇

感情不是万能的，没有感情是万万不能的。

学习篇

学习是知道别人怎么做，思考是知道自己该怎么做。

修德篇

口中有德，目中有人，心中有爱，行中有善。

养心篇

最难打开的是心门，最难走的是心路，最难调整的是心态。

健康篇

健康是无形资产，保健是银行存款，疾病是恶性透支，大病是倾家荡产。

序言

点燃智慧的火种

□于秀溪

人的一生，有了知识，就会长见识；有了文化，就会长本事；有了智慧，就能做大事。有知识有文化的人，太多太多；而有智慧的人，太少太少。魏文涛，近乎后者。

行万里路者，很多很多；读万卷书者，大有人在。而能读懂万卷书的人，恐怕少而又少。读懂没读懂，不是知识的记忆，而是融会贯通中的感悟。魏文涛读了多少书，无人知晓，但我知道：

他是一个有悟性的军人。

魏文涛任职于武警广东省总队。2012年，他被评为“全军十大学习成才标兵”。这个标兵，非同一般。国家要建设学习型国家，军队率先垂范，武警争做先锋，于是，学习标兵魏文涛脱颖而出。孜孜不倦，学而不厌，如饥似渴，废寝忘食，以此来形容他的学习状态，显然平淡苍白。说他是学习狂人，倒也贴切。在知识的海洋里，他狂热地遨游；在文化的宝藏中，他忘我地掘采。几年前，他以特有的才情，用箴言妙语，以及诗体化的文采，将新时期部队建设的方方面面，表现得丰富多彩、淋漓尽致。即使不熟悉部队生活的人，读罢，也觉有趣。这趣味就是，他把整齐划一的单调，融入了生命的体悟，涌动起激情的波澜，于是，平淡与枯燥，便闪耀出才智的亮点。

“全军十大爱军精武标兵”，魏文涛榜上有名。爱军是本分，精武是本事。这两个光环，罩在身上，他仍超然如常，淡泊宁静，心静如水。他缘何如此？答案只有“0.32秒”。

2009年4月24日，汕头一家商店遭窃。女店主报警，被窃贼劫为人质。警方严密布控，歹徒嚣张，劝解无果。时任武警汕头市支队支队长的魏文涛，临危指挥，解救人质。歹徒持刀裹胁人质于屋内，不在狙击手视线范围，情急之中，魏队大喝一声，歹徒一惊，枪声一响，击中劫匪太阳穴。射距12米，时间0.32秒！这神奇的一瞬，让人读懂了这个共和国忠诚卫士的内心世界：什么叫镇静自若，什么叫淡定自如，什么叫无私无畏，什么叫有智有勇。0.32秒的节点，有丰盈的人生内涵。这内涵，冰冻三尺，非一日之寒。魏文涛成了英雄，荣膺第十三届“中国武警十大忠诚卫士”，全军三个“十大”，三个光环集一身，搁谁身上，也得自豪一辈子。可是，魏文涛还是魏文涛，他仍然穿着迷彩服，在训练场上，摸爬滚打，跟战士一样流汗、一样呐喊。

他也有不呐喊的时候，就是弹唱；他也有不弹唱的时候，就是书画。琴棋书画，多才多艺，超越了知识层面，升华为艺术涵养。而艺术需要什么材质，不言而喻。人无完人，而面对这位军人，让人哑言。

我不想过多赞美这位军人，而更多的是欣赏。我欣赏，他的身上，始终充满着正能量。这正能量里最可贵的是品质，是担当，是责任，是使命，是冲锋陷阵。从做人格局的角度看，他穿透了生活的限度，登上了理性感悟的高度；从修炼做事的角度看，他浸润着文化学养的活水，尽享先贤哲人智慧的恩光。

文以载道，道通天下。有睿智的人，才会有独特的视角。一个文化大国，经典是文脉，也是灵魂。一个有人生感悟的人，就应该站出来，点燃智慧的火种。中国人别的不多，智慧多多。文化兴国，智慧兴国，实现中国梦，软实力就是奉献智慧。

我赞赏魏文涛的境界。《走近智慧》，是他观照经典文化的沉淀，也是将各种人生味道拿出来与人分享。本心如此，本意如此，如此而已。

智慧在哪里？就在《走近智慧》。

是为序。

2015年4月8日于广州

（作者为当代著名作家、诗人、书法家）

立志篇

有目标的人睡不着，没目标的人睡不醒。

【目标·成功】

朝思暮想，做梦都想，时刻都想，那才叫目标。人生最重要的是知道自己要去哪里。一个人的目标是从梦想开始的，一个人的幸福是从心态上把握的，一个人的成功则是在奋斗中实现的。成功是从决定去做的那一刻起，持续累积而成的。

人生最可怕的敌人就是没有明确的目标。能够为之牺牲一切的目标，就是人生最终级的目标。目标是一座灯塔，照亮人生前进的航程。生活因为有了目标而精彩，日子因为有了目标而快乐。

目标是一生的梦想，细节是成功的开始，吃苦是人生的需要，方法是一生的智慧，失败是成长的代价。没有目标的人生是很可怕的，遇到苦难，你会退缩，遇到压力，你会徘徊不前。有了明确的目标，你就不会害怕失败，而且愿意做出更大的牺牲。以目标为中心的成功，才是人生真正的成功。成功者常改变方法，不改变目标；失败者常改变目标，不改变方法。成功者永远不会言弃，放弃者永远不会成功。一心向着自己目标前进的人，整个世界都会给他让路。

成功永远是美好的。真正的成功，只属于那些力争上游的人，属于那些有理想抱负的人，属于那些能担负起使命与责任的人。成功需要学习，但会学习的人不多；成功需要付出，但懂得付出的人不多；成功需要目标，但知道方向的人不多。

有规划的人生叫蓝图，没有规划的人生叫拼图，因为没有追求的动力；有目标的人生叫航行，没有目标的人生叫漂泊，因为失去了前进的方向；有目标的人在奔跑，没有目标的人在流浪，因为不知道要去哪里；有目标的人在感恩，没有目标的人在抱怨，因为觉得全世界都亏欠他；有目标的人睡不着，没有目标的人睡不醒，因为不知道醒来后去干吗。生命只有走出来的精彩，没有等出来的辉煌。

害怕失败，就是拒绝成功，不是我想要成功，而是我一定要成功，一定能成功。积极行动，将百分之一的成功扩大到百分之百，别无选择，唯有坚持。要放下思想包袱，全力以赴来做事。只要你有目标，立场坚定，就能走向创业的成功大道，实现自己美好的梦想。

明・徐渭・花卉写生册页

【立志·大成】

成大事者立大志，唯有立大志者方能干成事。成大事者必有天助，天助之者必有大德。立志贵在坚持，而立大志，莫过于立志成才，成就未来的希望。

美好是属于自信者的，机会是属于开拓者的，奇迹是属于执着者的。你若不想做，总会找借口；你若真想做，总会找方法。要成大事必先从自我修炼开始，提升自我，批评自我，为迎接明天的辉煌做最充分的准备。有些事，努力一把才会出成绩，奋斗一下才知道自己的潜能。

如果你不握紧拳头，你就不知道力量到底有多大；如果你不咬紧牙关，你就不知道坚持到底有多狠；如果你不跺脚而起，你就不知道决断到底有多正确；如果你不瞪眼，你就不知道内心到底有多强大。最强悍的竞争力只有两个字——坚持。

无论你是立志成为一名学识渊博的科学家，还是一名如蜡烛般燃烧着的教师；无论你是立志成为一名务实清廉的公务员，还是一名保家卫国的军人；无论你是立志成为一名救死扶伤的医生，还是一名为国争光的运动员。不论是什么样的选择，你都要勇于拼搏，不要贪图安逸，该出手时就出手。

成大事者，要高瞻远瞩，有战略眼光，不贪图眼前利益，要克制欲望，心平气和才能走得更远。只要你的志向崇高而远大，只要你付出了足够的努力和不懈的拼搏，你的人生就会变得更加地充实富足、灿烂辉煌。

【理想·拼搏】

理想有两种，拼搏了才是梦想，放弃了就是妄想。生活的理想就是为了理想的生活，想要优秀就必须接受挑战，想要尽快优秀就必须去寻找挑战。

自己打败自己是最可悲的失败，自己战胜自己是最可贵的胜利。只有为理想而拼搏的人，才是一个很棒的人，好好给自己定位，做好自己想做的事。人生拼搏努力的光景就那么几年，别让未来的自己心怀不甘。你可以输给强大的对手，但不应该输给自己。当你想到了自己需要什么的时候，你的大脑会告诉你应该怎么做。

理想就是一个方向感，像在黑暗隧道前方的一点光明。如果失去光明，人会恐惧、会死亡；而有了这点光明，人会行动、会前行。这就是理想在生命中的意义。一个人如果没有理想，就会失去动力，就会迷失方向，就会在困难面前退缩；一个人如果不逼自己一把，就根本不知道自己有多优秀。有一种成功叫永不言弃，有一种成功叫继续努力。要想取得成功，必须为自己的理想拼搏到无能为力，拼搏到感动自己。

人生最难把握的是机遇，最难改变的是习惯，最难提高的是素质，最难实现的是理想。我们缺少的不是机遇，而是对机遇的把握；缺乏的不是知识，而是学而不厌的态度；缺少的不是理想，而是身体力行的实践。

最不幸的生活是生活在不幸的回忆中，最不科学的生活是生活在不良的习惯里，最不理想的生活是生活在重蹈覆辙中，最绝望的生活是亲手埋葬了自己的理想。

一无所有，就是拼的理由，没有伞的孩子，就必须努力奔跑。理想和现实之间幸好还有差距，不然，谁还稀罕理想。现实和理想之间，不变的是跋涉；暗淡与辉煌之间，不变的是开拓。拼，是胜过一切豪言壮语的行动，是给自己的一个交代。

如果你走起路来感觉很艰难就对了，说明你正在走上坡路，容易走的都是下坡路。一切美好的东西都必须靠拼搏来换取。不拼不搏，人生白活；不苦不累，生活乏味。唯有激流勇进，不畏艰险，勇于拼搏的人，才能抵达光明的彼岸。追求远大的理想，是自身成长成才的现实需要，是国家和人民的殷切期盼，是实现中华民族伟大复兴的客观要求。

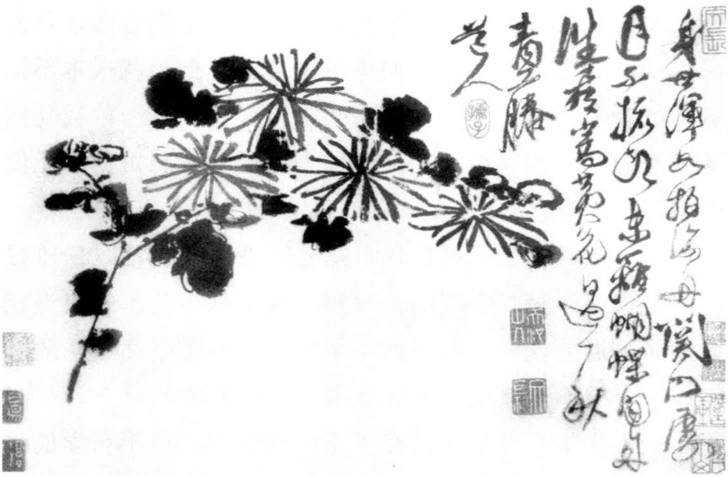

明·徐渭·花卉写生册页

【志向·意志】

人的一生不可能平坦如意，人生之路平坦的人，很有可能是平庸的人，而一个有作为的人，他的道路多半是曲折的。但是，只要你坚持在路上走，就没有到不了的地方。如果你要做好一件事情，必须要有志向和意志。做事情的志向就是你必须设定自己的目标，立志就是漫漫征途的开始，如果一开始就缺乏远见，或者目标模糊不清，那么，接下来你所走的路，就会因曲折艰难而留下遗憾。

哭的时候没人哄，学会了坚强；怕的时候没人陪，学会了勇敢；烦的时候没人问，学会了承受；累的时候没人靠，学会了自立。一个人，如果不坚强，软弱给谁看。

太阳不会因你的失意，明天不再升起。蒙住自己的眼睛，不等于世界就漆黑一团；蒙住别人的眼睛，不等于光明就属于自己。只有不快的斧头，没有劈不开的柴。时光不等人，趁你还年轻，坚定你的志向，努力就会绽放。

没有比脚更长的路，没有比意志更高的山。把坚强装进行囊，带着执着上路，批评指责有时也是在为你指路。忍辱负重，执着追求，会把许多不可能变成可能。走向远方，哪怕前途迷茫；抱着最大的希望，哪怕山穷水尽；坚持最强的意志，哪怕刀山火海；做最坏的打算，哪怕从头再来。没有靠山，自己成为靠山；没有资本，自己赚资本；没有天下，自己打天下。不要轻易把梦想寄托在某个人身上，也不要在乎身边的闲言碎语，因为未来是你自己的，不是你能不能，而是你要不要。靠山山倒，靠人人跑，靠自己才是最好。这世上，从来没有什么救世主，你弱了，所有的困难都强了；你强了，所有的阻碍都弱了，逢山开路，遇水架桥。

这世上，没有什么东西能够取代意志。能力、权力都取代不了意志，现实中有能力和权力的失败者比比皆是；天才不能取代意志，失败的“天才”不胜枚举。你不坚持，没人替你坚持。有些事情不是看到希望才去坚持，而是坚持了才看到希望。人生失意时，不要消沉，世上没有翻不过的山，没有迈不过的坎。不要在事情开始的时候畏首畏尾，不要在事情进行的时候瞻前顾后，唯有如此，一切才皆有可能。衡量一个人成功的标志，不是看他登到顶峰的高度，而是看他跌到谷底后的反弹力。

意志决定了成功的高度，进取决定了未来的深度。坚韧是跨越险谷深壑的撑杆，坚韧能提高对挫折的忍受力。因为它的韧性，你的力量才得以延长，你的空间才得以延伸，你的毅力就变成了弹力，你的脆弱就变成了顽强，你的跨越就变成了跳跃。

最富有的人，是跌倒最多的人；最勇敢的人，是每次跌倒后都能站起来的人；最成功的人，是那些每次跌倒，不仅能站起来，还能坚持走下去的人。只要肯迈步，路就在脚下，不管多险峻的高山，总会给勇士留一条攀登的路。

【追逐·梦想】

梦想还是要有的，万一实现了呢？有梦想，才有可能得到自己想要的，如果你连想都不敢想，那么你连输的资格都没有。要相信梦里能达到的地方，总有一天脚步也能到达。可是你总把梦想留在未来，把想做的事留在以后，这样下去，你浪费的不仅是时间，而且荒废的是你自己。学会用一颗强悍的心，让过去过去，让未来到来。

世上喜欢跑步的人很多，但天天跑步的人不多；拥有梦想的人很多，但义无反顾追逐梦想并得以实现的人不多。阻挡你前进的不是高山大海，往往是自己鞋底里那颗沙粒。人生需要一颗有梦想的心，梦想就是你前进的动力，敢于去梦想，才会有希望。做你想做的梦，去你想去的地方，成为你想成为的人。

每个人的梦想都是中国梦的一部分。你想怎样，梦想就会让你变成怎样，所以勿以声音的微小而放弃呐喊，勿以细流的孱弱而放弃奔腾。渴望成长，不要停歇；渴望自由，不被束缚。人生就像舞台，不到谢幕，你永远不知道自己有多精彩。

早上醒来，有两个选择：躺着继续做梦，或者起身去追逐梦想。每天叫醒自己的不是闹钟，而是伟大的梦想。懒惰像生锈一样，比操劳更消耗你的身体，让梦想成真的最好方法就是醒来。最难的不是别人的拒绝与不理解，而是你愿不愿意为你的梦想做出改变。

一个有梦想的人，才是一个有作为的人，一个大写的人。如果你不能飞，那就跑；如果跑不动，那就走；实在走不动了，爬着也要走完。最值得自豪的不在于从不跌倒，而在于每次跌倒之后都能爬起来。人生可以失败，但绝不可以被击败，千万不要低估你实现梦想的能力。梦想虽好，但只想不干就无异于白日做梦。

今天很残酷，明天很残酷，后天依然很残酷，谁也不知道明天会发生什么，但是，只要有梦想，就一定有希望。让过程变得美丽，让结果变得灿烂，把汗水变成珍珠，把梦想变成现实。一个为梦想而坚持不懈的人，是值得尊敬的人，他的内心有无限的能量。

梦想和爱是生命中最好的养料，即使是一捧清泉，也能让生命之树茁壮成长。父母的爱是我们成长中最好的爱，是他们汗滴禾下土供我们上学，是他们远在他乡当农民工为我们交学费，是他们默默无闻在平凡的岗位上辛勤耕耘，正是这样一种伟大的爱，一直坚定地支持着我们的梦想。当我们在梦想的坚持中徘徊不定时，只有付出行动才能不辜负父母的爱，才能不辜负我们的未来。

怀揣梦想，才能创造奇迹。不要轻易丢掉梦想，没有梦想就没有希望，没有了希望就没有了生命的意义。心能走多远，梦想就能让你走多远。只有内心充满希望，才能够撑起一身傲骨，盛满希望的生命才不会枯萎。有梦想，才会有希望；有希望，才会有未来。

【梦想·折腾】

有一种折腾叫我愿意，那是因为梦想的动力。不折腾，你永远都是在做梦。只有敢于去折腾，才有可能把梦想变为美好的现实。当你意识到生命有多宝贵的时候，你就会特别珍惜。但珍惜生命最好的方法，不是一天到晚学养生，而是为了梦想去折腾自己，把自己的生命如火如荼地燃烧透，那才是真正的人生。

人应该去折腾，在有限的时光里活得精彩，不辜负只有一次的生命。工作上折腾，就是对梦想的尊重，尊重梦想，就要在折腾中磨砺，在磨砺中前行。成功不成功的人，一种是傻子，一种是疯子。傻子在工作中最高的境界是安分守职，他们很听话，但他们却惧怕挑战，恐惧压力。疯子则是在生活中力求折腾，在工作中体验事业所蕴含的温度与高度，在与困难的挑战中去燃烧自己的热情，在折腾中不断进取，在折腾中实现梦想。

年轻时不折腾，拿什么做回忆，珍惜眼前的一切，多去创造回忆。若要远方吸引你，那就去折腾。再不折腾，就有负生命给你上场的机会。不要等错过了才悔恨，不要等老了才怀念。悲哀的人，拿自己的时间来见证别人的梦想成真；可怜的人，自己不去尝试，还在嘲笑别人为梦想而奔跑。活着最大的失误，不是跌倒，而是从来不敢为梦想奔跑。

再烦，也别忘记梦想；再苦，也别忘记微笑；再累，也别忘记坚持；再难，也不要惧怕折腾。因为梦想还在，就没有永远的失败；努力靠自己，不成功只是暂时的。不管被命运赏识，还是被宿命淹没，当梦想还在，就要坚定地去追逐，顽强地去折腾。

每一滴的汗水和泪水，每一丛的荆棘和羁绊，每一次的失败和挫折，都会让追梦的道路充满艰辛。在经历过无数次的折腾后，你才会发现，其实生活的真谛就在这里。再不折腾，你就老了。

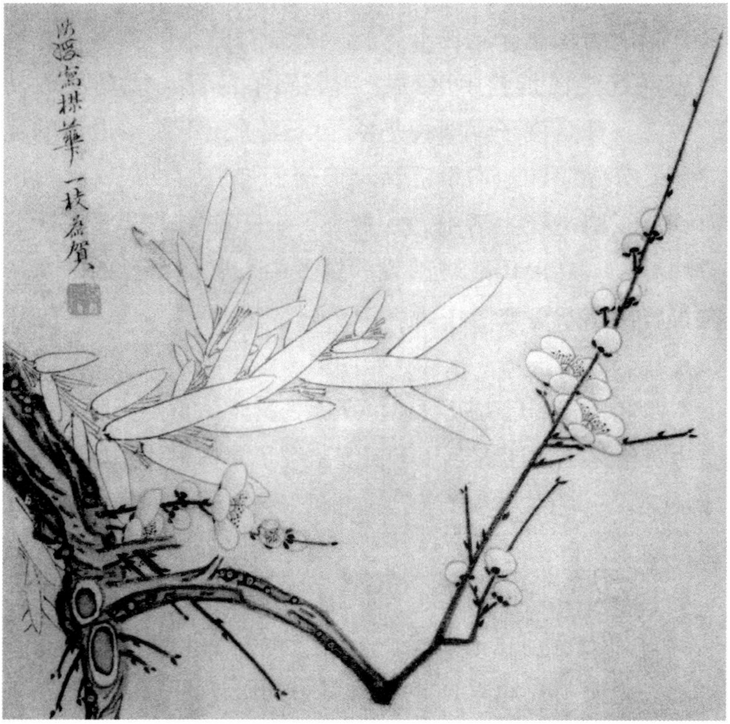

明·陈洪绶·花卉册页

【付出·希望】

当一个人愿意付出和担当时，才是成长的开始；当一个人能心存希望，学会感恩生命中所给予的一切时，才是迈向成功的开始。

世上唯一可以不劳而获的就是贫穷，唯一可以无中生有的是梦想。没有哪件事，不动手就可以实现，世界虽然残酷，但只要你心存希望，愿意走下去，总会有路；看不到美好的前景，是因为你没有付出。当你为自己的东西而忙碌的时候，就没有时间为不想要的东西而担忧了。

没有谁的一生是一帆风顺，没有谁的一世没有痛苦，没有谁一辈子没有追求。人都是被逼出来的，每个人都是有潜能的，当面对压力的时候，不要焦躁，也许这只是生活对你的考验，相信自己，一切都会好的。你在哪里付出，就在哪里收获。当你没有得到想要的东西时，你该想想自己是否付出了相应的代价。

为家人的幸福而努力，为精彩的未来而拼搏，为自己的选择而喝彩，趁时间与身体还允许向前迈进，请珍惜你实现梦想的机会。

希望是智慧的火花，是坚持不懈的源泉，是努力的前世，它贯穿着我们的生活。希望是前进的动力，付出是实现希望的助推剂，不付出，希望永远是稀奇的妄想；不努力，希望就会变成绝望。在前行的道路上，付出了，也许不会收获美好的希望，但也会离它近一些，假如不付出，想看见希望，都是痴人说梦。

你必须把握希望，因为它是有限的；千万不可失去希望，因为它是无穷的。每个不曾努力的日子，都是对生命的辜负。

不要羡慕别人的成熟，那是经历了沧桑换来的；不要羡慕别人的才华，那是付出了努力换来的；不要羡慕别人的成功，那是牺牲了安逸换来的。

你可以相信别人，但不可以指望别人；你可以努力付出，但不可以急于回报。否则，一颗心总是牵挂着结果，反而难有收获的喜悦。你应该关心的是，为了得到你想要的生活，你究竟为之付出了多少。多一份付出，就会多一份收获；多一份努力，就会多一份精彩。

你懒惰，再拖延，你等待，再观望，你却不知道今后失去的会更多，你今后的负担会更重，你今后的日子会越来越艰难。你正确的选择，就是多想想你的梦想和希望。我坚信，只要你真心付出，心存希望，沿着那句永不言败的誓言，忠实地做好当下的事，尽心尽力，无怨无悔，幸福就在不远处。

【争取·放弃】

人要学会选择，也要懂得放弃。你没找到路，不等于没有路，你想知道将来要得到什么，你必须知道现在应该先放弃什么。勇于争取是人生的一种壮举，敢于放弃更是生活的一种睿智。

该争取的时候放弃了，后悔莫及；快放弃的时候争取了，那就是一种新的希望。要学会把握可以改变的人，学会接纳无法选择的事。放弃有时也是一种选择，因为放弃比争取更困难，放弃了就不要后悔，放弃是为了争取更好的明天。有时候转身寻找另一个为你开放的天窗，在那儿你同样能望见满天的星斗。将过去抱得太紧的人，怎么能腾出手来拥抱现在？宁愿跑起来绊倒无数次，也不愿安逸地走一辈子，就算是跌倒，也要豪迈一笑。

不要与人相比，但求超越自己，要哭就哭出激动的泪水，要笑就笑出成长的性格。与其用泪水悔恨昨天，不如用汗水拼搏今天。喜欢的就珍惜，珍惜了别放弃。这一秒不放弃，下一秒就会有希望，也许打开门的就是最后一把钥匙。

不是井里没有水，而是挖得不够深；不是成功来得慢，而是放弃得太快。失败的人习惯了放弃，而成功的人永远选择坚持。好因有好果，努力就一定有收获，自己没有准备，人家想拉你一把，都不知道你的手在哪里。

人生就像一杯茶，苦只会苦一阵子，绝不会苦一辈子。要学会品味，不能浅尝辄止；要学会争取，不能半途而废。鞋磨破了可以换，但路必须自己走；衣服磨破了可以补，但风雨只能自己扛。不是所有的快乐都有人与你分享，自己的伤痛，只能由自己承受。

明·沈周·山水册页

【强者·自强】

强者，不是没有眼泪，而是含着眼泪依然前行。因为，眼泪只能让人怜悯，不能换来真金；可怜只能让人轻视，不能赢得重视。强者之所以强，是因为超越了平凡，战胜了困难。

世上有两种人，一种是强者，一种是弱者。强者给自己找挑战，弱者给舒适找借口。强者更强，是因为在坚持中变得坚强，把坚强变成了坚韧。很痛却不喊，很累却不说，并不是没感觉，也不是没知觉，痛的时候，没人懂，喊出来又如何，累的时候，没人扶，说出来又怎样；有苦却不说，有泪却不流，并不是不想说，也不是不想流，生活里，苦的时候很多，把泪悄悄咽下，生命中，哭的时候不少，把苦轻轻隐藏。没有壮大，是因为你没有摔打；没有变强，是因为你缺少对手。累就对了，舒服是留给庸人的。苦才是人生，累才是工作，干才会拥有。其实成功的路上并不拥挤，因为坚持的人太少。

谁也无法预知未来，很多事情可能一等再等，就成了永远。想做的事，就赶紧做，不要给自己留下太多的遗憾。每天醒来，都要比前一天更强大，直视自己的畏惧，擦干自己的泪水。自己选择的路，跪着也要把它走完。当眼泪流尽的时候，留下来的是坚强。

对于强者而言，失败是成功的又一个开始，而对于弱者来说，失败是没有希望的终结。不拼，怎么知道不行；拼了，才知道自己真的能行。艰辛算什么，因为我们还活着。要敢于背上重负，要敢于背上超出自己预料的包袱，拼搏之后，你会发现自己比想象的强大很多。

强者把每一次的挫折，都当成了锻炼的机会，想常人不敢想，做常人不敢做，斩断退路，把自己逼上悬崖。即使无人鼓掌，也要含泪坚持，奋力一搏。停下来休息的时候，别忘了别人还在奔跑。

累不累脚最懂，苦不苦心知道，在执着中锻打坚韧，在坚韧中书写执着。坚韧是通向成功的渡船，是一切有志之士必不可少的品质。谁想夺得人生征途的最后胜利，谁就得凭借坚韧不拔的意志，顽强地拼搏到底。决定成败与否的关键，往往不在于力量的大小，而在于力量的持久；不在于能使多少劲，而在于能坚持多久。

与其讨好别人，不如武装自己；与其逃避现实，不如笑对人生；与其听风听雨，不如昂首出击。珍惜靠自己，别人也不愿意挥霍自己的青春；执着靠自己，没有谁会与你共同进退；一路走过靠自己，没有谁能够一直陪你走到底。

人，是活给自己看的，别奢望人人都懂你，别要求事事都如意。苦累中，懂得安慰自己，没人心疼，也要坚强；没人鼓掌，也要飞翔；没人欣赏，也要芬芳。相信人生不会亏待你，你吃的苦，你受的累，你掉进的坑，你走错的路，都会炼就独一无二自强的你。

【机遇·困难】

机遇就像一扇迅速旋转的门，当那个空当转到你面前时，你必须迅速挤进去。多数人往往对已经失去的机遇捶胸顿足，却对眼前的机遇熟视无睹。机遇是为有准备的人留下的。你不能把握机遇，却可以掌握自己；你无法预知未来，却可以把握现在。

如果你不知道自己要去哪里，那么你哪里也去不了。如果你站在十字路口，想快速到达终点，假如没有方向，没有目的地，那么，哪一辆出租车、公交车都无法载上你，你只好在十字路口徘徊。

那些总是事业没有起色的人，那些总是错过结婚对象的剩女，你之所以抓不住机遇，其根本原因是你不知道自己到底需要什么。不要仰天长叹，明智的选择是思考一下自己究竟想要得到什么，这样才会识别机遇，才不会错过幸运，才不会与幸运失之交臂。

机遇往往伪装在困难里面，不要惧怕困难。消极的人，在机会面前想到的是困难；积极的人，在困难面前追寻的是机遇，真正的困难只有敢或者不敢。困难似弹簧，你弱它就强。没有人会喜欢困难，但困难总是在你无可奈何的时候迎面走来。挫折经历得太少，才会觉得鸡毛蒜皮都是烦恼。只要你心中藏着一份光明的理想，只要你朝着更美的方向去追求，困难总会迎刃而解。

对待困难的态度远比困难本身的分量更重。当困难来临时，用微笑去面对，用智慧去解决，就像流水那样，前面是网就渗过去，前面是坎就漫过去，前面是山就绕过去，前面是闸门就等待时机冲过去。

当你一开口就讲到困难，成长就已经远离你；当你一付出就想到回报，机会就已经远离你；当你一工作就盯着个人的利益，前途就已经远离你。

机遇的降临总是来源于日常的准备，学会把困难转化为新的机遇，你就所向无敌。多一份逆境，就多一份成熟；多一次绝境，就多一次机遇。你若强大，小人就会变君子；你若宽容，对手就会变帮手；你若有志，遭遇就会变机遇；你若执着，不利就会变动力。

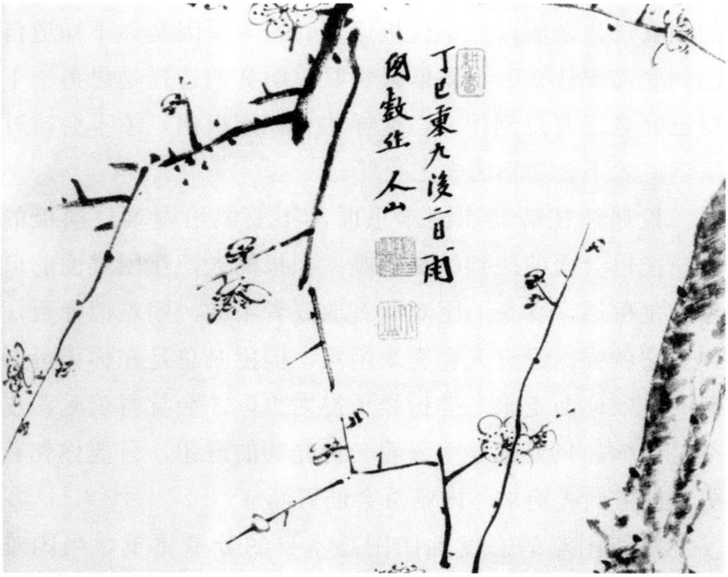

明・朱耷・花卉册页

【今天·明天】

为明天做最好的准备，就是不要辜负今天。你无法改变昨天，但如果你过于忧虑明天，将会荒废今天。

每天给自己一个希望，不为今天而烦恼，不为昨天而叹息。如果只是等待，唯一的事情，就是你每天都在慢慢变老，生活不会很容易，但你可以更自强。把苦日子过好了，把好日子过甜了，把幸福的生活变成了一种常态，日子才算是真正的有滋有味。

世上没有一件事情不辛苦，没有一处世事不复杂。能做好的事情，就不要荒废，不要把青春葬送，光阴的流逝不会因为你停止而变得缓慢。沉淀思绪后，重新出发，你一定要相信，没有到不了的明天。

世上除了生死，其他的都是小事。不管遇到什么烦心事都不要为难自己，无论今天发生多么糟糕的事，都不要对生活失望，因为还有明天。

好好学习，多多实践，珍惜宝贵的光阴，脚踏实地地向前走，就是对今天最好的尊重。决定今天的不是今天，而是昨天对人生的态度；决定明天的不是明天，而是今天对事业的作为。我们的今天由昨天决定，我们的明天由今天决定。昨天已经过去，明天尚未到来，能拥有的就是今天，今天的耕耘，就是为明天的收获做准备。今天没有行动，明天就得奔跑。理想和愿望在今天埋下，才有可能在明天发芽开花。把一觉睡到自然醒，一玩玩到自然累的那个自己留给昨天，每一滴酣睡时的口水，都有可能变成明天苦涩的泪水。

每一个今天都是一个伟大的日子，有梦想，有收获，有喜悦，有进步，是因为我们的隆重才赋予了生活色彩。只有今天和昨天都认真度过了，我们的明天就会可能精彩夺目。不在追思昨天中踌躇不前，也不在盼望明天中守株待兔，只有在今天的日子里踏踏实实地度过，把今天牢牢抓在手中，才不愧明天的意义。

对于过去的人和事，不可忘记，但要懂得放下，因为还有明天，今天永远只是起跑线。聪明的人，不徘徊在过去；豁达的人，不忧患于未来；智慧的人，懂得把握现在。昨天你是谁并不重要，重要的是，今天你是谁以及明天你将成为谁。把对明天的憧憬停留在口头上是没有意义的，行动才能决定我们的未来。

你不能左右天气，改变容貌，但你能改变心情，展现笑容；你不能事事顺心，样样顺利，但你可以处处尽心，事事努力；你不能改变他人预知的明天，但你可以掌握自己，把握今天。不要纠结于现在，不要忧虑于未来，向昨天要经验，向今天要动力，向明天要成果。

感谢昨天。昨天是我们无法选择的，对生命的存在我们应该心存感激，感谢父母给了自己宝贵的生命，把我们带到这个美好的世界，可以看到晨辉落暮，可以感受生命精彩，尽享生命的乐趣。昨天再好，也走不回去；明天再难，也要抬脚继续。与其用泪水悔恨昨天，不如用汗水拼搏今天。

把握今天。今天应该倍加珍惜，好好学习，多多实践，让自己脚踏实地向前走。昨天已经过去，明天尚未到来，能拥有的就是今天。只有今天辛勤的耕耘，才有明天丰硕的成果。

追求明天，就是追求充满希望的未来，对我们有着十足的诱惑，理想只有在今天埋下，才能在明天实现。

明·陈洪绶·花鸟册页

【使命·责任】

使命是核心，责任重于泰山。担负使命是简单快乐的，担负使命是奋发向前的，担负使命是不惧困难的，担负使命是敢于挑战的。

把坚守信念作为使命的强大动力，把岗位历练作为施展才华的舞台，把爱岗敬业作为人生的品德操守。

平庸的人只有一条命，叫性命；成功的人有两条命，除了性命，还有事业；卓越的人有三条命，除了性命与事业，还有使命。

责任是一种与生俱来的使命，它伴随着每一个生命的始终。勇于承担责任，才可能被赋予更大的责任。父母有养育儿女的责任，晚辈有孝敬长辈的责任，医生有救死扶伤的责任，站三尺讲台有教书育人的责任，经商开店有诚实守信的责任，头顶国徽有报效祖国的责任。

一个不负责任的人，一个缺乏责任感的人，失去的是社会对自己的基本认可，失去的是别人对自己的信任与尊重，自然也就失去了安身立命的信誉与尊严。

学识的渊博不是为了征服别人，而是为了看清自己的渺小；财富的丰厚不是为了炫耀奢华，而是增加扬善的担当；地位的显赫不是为了孤芳自赏，而是为了率众前行；力量的强悍不是为了欺压弱小，而是为了自由的呼吸。一个人有了能量，不是为了满足私欲，而是为了承担更多的使命。

使命是核心的责任，当你的决策遇到瓶颈的时候，只要回头思考一下你的使命是什么，就可以很快地理清一切的纷扰，这就是使命对人生巨大的影响力。使命是勇往直前的强心剂，是众志成城的集结号，是鼓舞人们走出阴霾的指南针。人可以不伟大，也可以清贫，但不可以没有责任。扛起了责任就扛起了信念，扛起了生命的价值。

明 · 陈洪绶 · 杂画册页

【忠诚·荣誉】

忠诚是高贵的品质，奉献是高尚的责任。忠诚是什么？忠诚是熊熊火焰前坚毅挺拔的身影；忠诚是地动山摇时无畏无惧的目光；忠诚是险滩激流中遒劲有力的臂膀；忠诚是危在旦夕的那一刻，带给人希望，带给人曙光的力量。

忠诚是由自己的内心决定的，荣誉是一种展示自己并可以让人终身受益的动力。

荣誉感是一种健康高尚的心理品质，追求荣誉是一种崇高的境界。有了强烈的荣誉感，你就会疾恶如仇，择善而从；在犯了错误之后，你就会知耻自责，勇于改过。

荣誉不会从天上掉下来。只有踏踏实实地做人，兢兢业业地做事，你才能获得荣誉，才能赢得大家的赞誉和尊敬。评判一个人的价值，不应该拿他取得了什么来衡量，而应该以他奉献了什么、奉献了多少来考量，然后才能给予荣誉。

人要为了荣誉而战，但不能被荣誉所累。当你的荣誉感被虚荣心偷换概念以后，荣誉就会成为一种阻力。以个人名利、得失为转移，把个人成名当作奋斗目标，把履行社会义务看作获得个人荣誉的手段，把争取荣誉作为个人向上爬的阶梯，这都是虚荣心的表现，并不是真正的荣誉感。有的人虚荣心更加简单与幼稚，为了引起周围人的注意，甚至做出一些哗众取宠的言行，让人啼笑皆非。

荣誉只能说明过去，不要躺在功劳簿上沾沾自喜。

在荣誉面前找差距，在赞扬声中看不足，把荣誉当起点，荣誉就会成为牵引力。假如有一天，因为你飞黄腾达了，媒体将你放在头版头条，千万不要让暂时的荣誉冲昏了头脑，迷失了自己前进的方向，让自己得不偿失。

安于现状、得过且过的人，总会被自己丢弃在平庸的荒漠上。我们不可能每天都生活在崇高的氛围里，但不应该失去对崇高的追求。无论从事何种职业，身处何种地位，都要站在全局的立场上思考问题，切实维护集体的利益和荣誉，这才是对忠诚最好的诠释。

清・石涛・山水册页

【成长·成熟】

成长是经历，成熟是阅历。成长的过程是将幼小变为壮大的过程，成熟的过程则是将你的哭声调整到静音的过程。

任何经历都是一种累积，累积的越多，人就越成熟；经历得越多，生命就越有厚度。成长是一个不断尝试并最终获得智慧的过程。事在人为是一种积极的人生态度，顺其自然是一种达观的生存之道，水到渠成是一种高超的入世智慧，淡泊宁静是一种超脱的生活态度。

成熟的人，不为得而狂喜，不为失而悲痛，尽心竭力之后，坦然接受。成熟的人，不因功成名就而目中无人，也不因寂寞无名而卑躬屈膝，持一颗平淡的心，不卑不亢地生活。

成熟就是你越来越能接受现实，而不是双眼总盯着现实的利益。成熟不是出口成章，能讲出许多深刻的道理，而是待人接物让人感到舒适，富有亲和力。一个成熟的人，往往发现可以责怪的人越来越少，因为他内心很清楚，人人都有难处。

人不成熟的第一特征，就是立刻要回报，他不懂得只有春天播种，秋天才有收获。很多人在做事情的时候，刚刚付出一点点，马上就要得到回报。有些人做生意，开始没什么利润，就想着要放弃。有的人一个月放弃，有的人三个月放弃，有的人半年放弃，有的人一年后还是放弃了。他们在不知不觉中，把放弃形成了一种习惯，这就是典型的失败者的习惯。

习惯了放弃，就习惯了失败；在坚持中成长，在磨砺中成熟。人生很累，现在不累，以后会更累；生活很苦，现在不苦，以后会更苦。哪怕是站在人生的最低谷，只要你抬起脚，就是在向高处走；假如你选择躺下，那里将会成为你的坟墓。只要你能按时到达目的地，没有谁在乎你是开车还是走路。

烦恼不是因为别人伤害了你，而是因为你太在意；更不要总是为自己的错误找借口，错了就是错了，精神自慰只会减缓成长的速度。每一次的伤痛，都是成长的记忆；每一次的打击，都是坚强的洗礼；每一次的失败，都是成功的伏笔。

成熟不是心变老，而是当眼泪在眼睛里打转时，依然保持着微笑。一个人的成熟并不是因为取得了多少成绩，而是面对那些令人生厌的人和事时，既不迎合也不抵触，只是淡然一笑。

千金难买早知道，世上没有后悔药。你的成熟不是因为你活了多少年，走了多少路，经历过多少失败，而是因为你懂得放弃，学会了宽容，知道了争与不争。

一个人的成熟与不成熟跟年龄没有绝对的关系，关键是能不能用自己的肩膀扛起更多的责任，能不能站在对方的角度看待事物，能不能把他的世界看成自己的世界。

【自信·勇气】

有信心不一定会赢，但没有信心一定会输。当你不自信的时候，就难于做好事情；当你什么也做不好时，你就更加不自信。自信给人以力量，让你在跌倒后有重新爬起的勇气；自信给人以快乐，让你在黑暗中看到光明的希望；自信让人奋力拼搏，拼搏让人走向成功。

自信是一种良好的心理素质。站在树枝上的鸟儿，从来不害怕树枝断裂，它相信的不是树枝，而是自己的翅膀。当你面对困难与失望的时候，最重要的是要瞧得起自己。抬头做事是一种勇气，低头做人是一种底气，位卑时抬头是一种骨气。每个人都有自己的优点和长处，自信有时也是成功的钥匙。要等到别人的赞赏，恐怕已经太迟了，因为生命属于你只有一次，没有循环，没有往复。

丰富自己远比取悦他人更有分量。种下梧桐树，自有金凤凰；你若盛开，蝴蝶自来。不要去追人家的骏马，要用追马的时间来种草。春暖花开的时候，在郁郁葱葱的草原上，肯定会有一群骏马任你挑选。

不要刻意去巴结一个人，不要总是委屈自己去迎合一个人，把宝贵的时间用来完善自己，提升自我能力，等到功成名就时，会有一大批朋友围绕在你身旁。用人情经营出来的朋友是暂时的，用人格魅力召唤来的朋友才能长久。

自信是安静的，你不再担心别人听不到你的声音；自信是静止的，你经常有利用暂停来寻求机遇的智慧；自信是谦卑的，你记得自己卑微的开始，也明白总会有提升的空间；自信是慷慨的，即使自己胜利了，也充分尊重对手，欣赏对方，并不吝啬在适当的时候为对手鼓掌。

自信是成功的起点，坚持是成功的支点。前进的理由往往只有一个，后退的理由却会有无数个，一个自信的人，总是有足够的勇气去克服那些可以预见和不可以预测的困难。找这样那样的理由来说明自己不是懦夫，不如用一个理由来证明我是勇士。

信心源自内心的一种自信，信心十足的人有一种坚强的意志力，能够鼓足勇气排除万难去赢得成功。许多人之所以失败，究其原因，不是因为无能，而是因为不自信。自信是一种力量，更是一种动力。

也许你从来没有登过山，但你心目中一定要有座高山，它激励你一直往上爬，它使你徘徊的时候向前看，它使你疲倦的时候有动力。不要让那些微不足道的情绪来影响你，不要让那些暂时的麻烦左右你，不要让那些坑坑坎坎阻碍你，摒弃一切干扰，抬起你的脚步，勇敢地攀登，你会发现山顶上那些更重要的东西。

【珍惜·拥有】

拥有目标，你不会失去前进的方向；珍惜友情，你不会失去众人的帮助；牢记使命，你不会失去跋涉的动力；兑现承诺，你不会失去别人的尊敬。

最不能忘记的，是在困难时拉你一把的人；最不能结交的，是在失败时藐视你的人；最不能抛弃的，是和你患难与共的人。

什么都可以重来，唯独生命不能再来；什么都可以接受，唯独屈辱不能接受；什么都可以抛弃，唯有信仰不能抛弃。你要珍惜失败，但不能忘记教训；你可以告别昨天，但不能忘记历史；你可以忍受伤痛，但不能忘却耻辱。

你可以努力地收藏过去，但不要永远把目光停留在那里；你可以努力去追求，但不要因此冲淡了你现在的拥有。对于得不到的东西，你要把念念不忘视作是一种负担；对于已失去的东西，你要把永不言弃视作是一次纪念。

从今天起，做快乐的自己，你简单，世界就是童话；做勇敢的自己，持续朝着阳光走，影子就会躲在后面；做珍惜的自己，珍惜每一个平淡又温情的日子；做进取的自己，始终走在追逐梦想的路上。

人生有很多路要选择，选中一条，走下去，便会碰见这条路上的人和风景；而选择另一条，则是完全不同的风景与人。有的人可能与你一起走，有的人留在原地；一起走的人，也可能在下个路口与你分开。没什么可哀叹的，这是人生的必然，珍惜身边与你一起看风景的人。

不要和自己过不去，别人再好，也是别人，自己再不堪，也是自己，而且是独一无二的自己。努力做最好的自己，定能给自己最大的惊喜，羡慕别人的代价就是失去自己，别人有的，你可能没有，你有的，别人未必拥有。欣赏自己，善待自己，经营好自己，总有一天你会闪射出耀眼的光芒。

珍惜经常主动给你打电话、发信息关心你的人，他不是在与一个自己不在乎的人啰唆，他不是闲得无聊，他在乎你的存在，在乎你们曾经在一起的一朝一夕。

珍惜一个人，一定是感动过；放弃一个人，一定是失望过。不珍惜你的，说再多的珍惜也会离开；能珍惜你的，不用任何言语也会一直在等待。

有幸福感的人，不是拿到了世上最好的东西，而是珍惜了当下已经拥有的。最好的成功，不是你拥有了很多，而是失去的很少；不是欣赏别人的优点，而是反思自己的不足，把缺点变成了亮点。

【命运·信念】

不要活在别人的嘴里，也不要活在别人的眼里，而要把命运攥在自己手里。

如果你正在埋怨命运不眷顾，那么请你记住，命是失败者的借口，运是成功者的谦词。

人生有起有落，攀爬有上有下，起的时候要有落的准备，上的时候要有下的打算。既要感受春风得意，步履轻快，又要随时准备承受遭遇挫折的辛酸和失落；既要享受无限风光的尽兴，又要随时品尝高处不胜寒的落寞；既要能经得起台上的鲜花和掌声，又要随时准备面对台下的寂静和考验。

无论位高位低，居上居下，都要保持一颗平常心。抱怨命运不如改变命运，抱怨生活不如改变生活。无法改变过去，那就改变现在，现实无法改变，那就改变自己，总有一样是可以改变的。

抱怨是一种毒药，它摧毁你的意志，降低你的身价，摧残你的身心，消减你的热情。不要生气要争气，不要看破要突破，不要嫉妒要欣赏，不要拖延要积极，不要心动要行动。

命运不是放弃，而是努力；命运不是运气，而是选择；命运不是等待，而是把握。弱者顺从命运，勇者激活命运，仁者把持命运，智者改变命运。要改变命运，先确立信念。身处绝境而义无反顾，毅然前行，那才叫信念。要想结果变得好，就必须坚守信念。信念改变心态，心态改变习惯，习惯改变性格，性格决定命运。

当一个人不想醒来的时候，你怎么喊他都没用。当一个人不想努力的时候，你怎么帮他都没用。当一个人不想被点燃的时候，你怎么燃烧都没用。

自己想醒，没用闹钟也可以醒来；自己想努力，没有帮助也可以成功；自己想点燃梦想，一根火柴足以形成燎原之火。自己就是一切的根源，想改变命运一定得靠自己。命运是掌握在自己手中的，盯住自己的目标，以目标为中心，走到哪里哪里都是舞台。

接受不幸，屈服命运的人，最终会成为命运的奴隶。纵然遭遇不幸，积极挑战，不屈服命运的人，才能在不幸中获得成功。只要心头时时燃烧着坚定的信念，一往无前地走下去，你会惊讶地发现，很多所谓的远方，其实并不遥远。

清・石涛・山水册页

【叩问•醒示】

你这辈子到底想要什么？你最终想过什么样的生活？你今天的目标是什么？你明天的目标又是什么？你今天要学哪些知识？你今天如何与周围的人相处？你今天最重要的一件事是什么？你今天怎样比昨天做得更好？你今天有没有全力以赴？今天发生的一切对你有什么启示？

你现在能够做什么？你想不想买好车？你想不想住高级别墅？你想不想自由地全球旅行？没有不想的，那你为什么还不行动呢？有人说，我不喜欢。如果你想买车就买车，想买房就买房，想去旅游就旅游，坐在家里只想不做，你的梦想能实现吗？

你想做什么？你正在做什么？你现在能做什么？如果不能做什么，那么，五年以后的你，还不是和现在一样吗？还不是一年盼着一年好，年年还是个破棉袄吗？为什么会这样呢？因为我们正在做的事与我们的目标无关。

生病时，我们发现健康是最重要的；伤心时，我们发现快乐是最重要的；失恋时，我们发现爱情是最重要的；穷困时，我们发现金钱是最重要的；沮丧时，我们发现信心是最重要的；离开人世时，我们发现活着是最重要的。后来，我们终于体会到，所有的后知后觉，都只是源于不懂珍惜。

多么忙不重要，忙什么才重要。一次重要的抉择，胜过千百次的努力。今天的生活，是三五年前的选择；三五年后的生活，是来自今天的决定。你想成为什么样的人，你就跟什么样的人去学习；你想提升能力，就得找个有能力的人做你的老师。

人生很短暂，不能没有精彩。有了精心的设计，才有美好的未来；有了正确的目标，才有绚丽的青春；有了前进的动力，才有璀璨的人生。

当别人休息时，你还在努力；当别人放弃时，你还在坚持；当别人困惑时，你双眼紧盯；当别人赖床时，你早已出行；当别人懈怠时，你挑战纪录；当别人祝贺时，你含泪致谢；当别人拼搏时，你可能早已成功。

要立即行动，每天都是新的开始；要微笑着面对，每个人都是靓丽的风景。你是最棒的，你一定会努力；你每天在进步，你一定会有所作为；你没有放弃，你一定会坚持到底；你爱你的事业，你爱你的家庭，你会成功，你一定会成功。

【挑战·选择】

有选择就有挑战，每战胜一个困难，就会向前迈进一步。当一个新的困难拦在了你前进的道路上时，吆喝、叫阵，别无选择，唯有迎难而上。

人的一生就像一条长河，停滞不前的唯一结果是被冗长的生活暗浪淹没，只有不断地否定过去，才能面对新的挑战，而每一次的选择与放弃是为了实现梦想，也是为了得到更多的喝彩。当你漫步在街头的时候，被眼前的繁华迷失了双眼。这些都是寂静背后给人带来的无尽思索与感悟。

人生最重要的选择，就是选择和谁在一起，选择和谁共事，选择和谁交朋友，选择和谁结婚，选择向谁学习。你和谁在一起，决定着你的未来。你和谁在一起，由你自己决定。擦亮你的眼睛，用心灵去感受，用智慧去寻找。

别人视为困难，你却视为挑战；别人事不关己，你却勇于承担；别人三分干劲，你却十分卖力；别人不紧不慢，你却快马加鞭；别人单打独斗，你却精诚合作；别人一蹶不振，你却永不言败。

只有经历过了，才懂得选择的重要；只有深爱过了，才知道失去的心痛；只有真心付出了，才会有收获的快乐；只有失败过了，才明白成功来之不易。

没有所谓的命运，只有不同的选择。宁做二流的开拓者，不做一流的跟随者。决定你一生的不仅是你的能力，更是你的选择。有选择时当然选最好的，没有选择时尽量做得最好。我选择善良，不是我软弱；我选择忍让，不是我退缩；我选择宽容，不是我怯弱；我选择糊涂，不是我真的不明白。

困难与希望同在，机遇与挑战并存，犹豫和等待看不到未来，拼搏的人生才更精彩。挑战无时不在，挑战无处不有，如果说，在前进的道路上，每一段宽路、直路、上坡路都是新的机遇，那么，每一截窄路、弯路、下坡路就是你无法回避的挑战。成功需要选择，英雄出于挑战，有新的对手就有新的挑战，有新的挑战才会有新的希望。选择更强的对手，因为你敢于挑战，因为你要成功。

清·任伯年·花鸟册页

【磨砺·塑造】

一个人的知识可以通过学习得到，一个人的成长必须通过磨难来历练。每天错过的不是时间，而是不成熟的自己；每天囊中羞涩的不是贫穷，而是向成功缴纳的学费；每天让我们衰老的不是岁月，而是那颗自甘平庸的心。

人可以有过错，但不能总是错过。我们都不完美，在磨砺中前行，在前行中磨砺，勇敢地改造自己，把不完美变成完美，把不优秀变成优秀，让每天的自己，成为一个全新的开始。对软弱的自己说再见，让今天的色彩变成明天的精彩。

欺骗你的人，增长了你的见识；绊倒你的人，强化了你的能力；中伤你的人，砥砺了你的人格；藐视你的人，觉醒了你的自尊；斥责你的人，助长了你的勇气；遗弃你的人，训导了你的独立；伤害你的人，磨炼了你的心志。

把困难踩在脚下，你才会站得更高。生命就是一次次蜕变的过程。唯有经历各种各样的折磨，才能增加生命的厚度。一个人的成长过程，恰似蝴蝶破茧的过程，在痛苦的挣扎中，意志得到锻炼，力量得到加强，心智得到提高，生命在痛苦中得到升华。当你从痛苦中走出来时，就会发现，你已经拥有了飞翔的力量。不经历风雨，怎么见彩虹。

不是可怕的厄运和灾难击垮了我们，而是甘愿在平庸中得过且过的懦弱吞噬了我们。雄鹰敢于超越悠悠的白云，才能展现出身姿的矫健；锦鲤敢于超越潺潺的流水，才能展现出舞姿的优美。不历一番彻骨寒，怎得梅花扑鼻香；不经历一番淬砺，怎会取得人生的辉煌。

人生最大的战场就在自己身上。在遇到挫折的时候，要战胜怯懦的自己；在失落的时候，要战胜颓废的自己；在困于诱惑的时候，要战胜贪婪的自己。如此，你就是这场战役的胜利者，你就塑造了全新的自己，捍卫了真正的自己，这个自己，才是真正的勇士。

伟人是梦想塑造的，做最好的自己，就要寻找自身的亮点，把潜能完全释放出来。从磨砺中享受成功，从成功中体验磨砺，这不是简单的循环，而是人生里程的无隙契合。

清・石涛・山水册页

【豪迈·超越】

当你豪情满怀阔步向前时，拿什么来征服世界？只有挑战自我，超越自己，不断地超越，你才会拥有征服世界的武器。

没有人会懂你到底有多痛，没有人会懂得，你的生活到底要怎么继续下去，没有人知道你经历了怎么样的生活，也没有人知道你微笑背后隐藏着怎样的伤痛，更没有人知道你在悲伤的时候却没有眼泪。你必须坚强，你若不坚强，谁替你勇敢。

高山之宝只属于那些勇于攀登的人，深海之藏只属于那些勇于探求的人。你想超越平凡，挑战极限，就得先改变自己的态度，然后才能改变人生的高度。别害怕，带着你的梦想前进，流过泪才笑得更从容。

要生存就要进取，要成功就必须坚强。要想突破昨天，超越今天，挑战明天，就得靠自己努力，没有谁会陪你原地停留。坚强靠自己，没有谁会怜悯你的懦弱；快乐靠自己，没有谁能分担你的悲切。

对于科学家来说，他们每一次的发明都是一次超越；对于运动员来说，他们每刷新一次纪录都是一次超越。对于你自己来说，今天比昨天进步，明天比今天进步都是一种超越，你最应该超越的人就是昨天的自己。把每一次失败都归纳为一次尝试，不自卑；把每一次成功都想象成一种幸运，不自傲。以豪迈的情怀，在奋进中前行，在前行中超越。流过泪的眼睛才更有神，滴过血的心灵才更坚强。

想要超越，就一定要跑得比别人快，如果你能一直待在场上而不被淘汰，那么胜利就是属于你的；想赢得胜利，你需要比别人更努力，才有可能超越那些跑在前面的人。你不能懈怠，一分钟的松懈，可能意味着被千万人超越；你不能骄傲，一次不经意的自满，可能意味着无法挽回的滑坡。超越，让人激情勃发，让人昂扬崛起，让人一飞冲天。

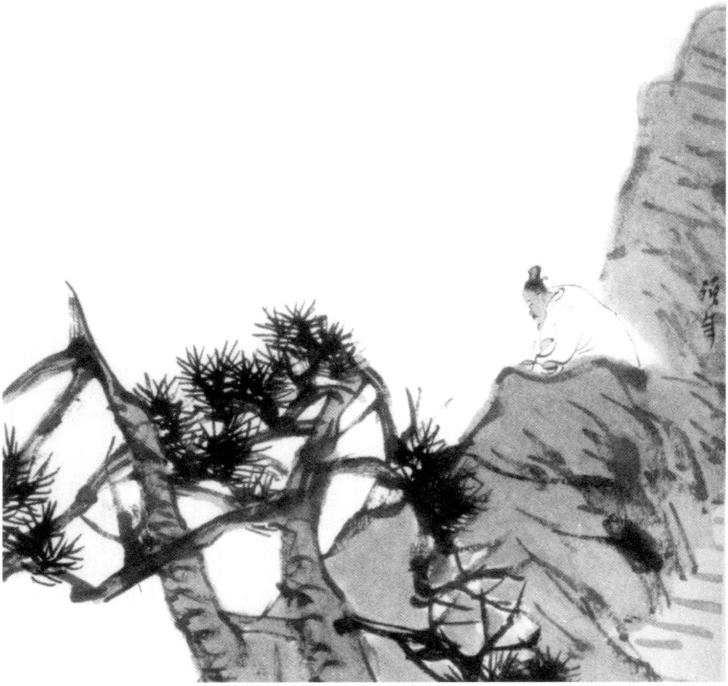

清・任伯年・人物册页

【成长·法宝】

做从未做的事，叫成长；做不愿做的事，叫改变；做不敢做的事，叫突破。在学习中成长，在挣扎里改变，在尝试时突破，给人生一次蜕变的机会。

成长的道路上，承担是关键的一道门槛，如果你不敢去承担自己的责任，也将意味着你永远无法迈进成长的大门。

一只蝴蝶挣扎着想从蛹里脱离出来，路人出于好心帮蝴蝶剪开了蛹。但没想到蝴蝶出来以后，翅膀却张不开，最后死了。挣扎的过程正是蝴蝶需要成长的过程，你让它当时舒服了，可是未来它却没有力量去面对生命中更多的挑战。如果你希望能化身成蝶，那你就得忍受在蛹里痛苦挣扎的过程，这样才能展翅高飞。

成长需要希望，也得接受失望，因为它是必然的，但千万不可失去希望，因为它是无穷的。

成长需要压力。成功往往来自不懈的努力和辛勤的汗水，可压力也是必不可少的。人，只有经过了重重历练，勇于面对各种压力后，才算真正地长大。

成长需要大气。如果一点点挫折就让你爬不起来，那格局就太小了，要知道，胸怀才是成功者的标志。

成长需要磨砺。知识通过学习可以得到，但成长必须通过磨砺才能实现。

成长需要挫折。小草如果因为没有树的伟岸而感到痛苦，那就不会形成辽阔的草原；贝壳如果因为心中的一粒沙而感到痛苦，那它永远孕育不出珍珠；流水如果因为前方的残崖而感到痛苦，那永远不会拥有飞流直下的壮观。

成长需要付出。付出在哪里，就在哪里收获。成长需要坚持，有时候坚持了你最不想干的，却得到了你最想要的。只要你有一颗永远向上的心，你终究会找到那个属于你自己的方向。

成长告诉我们，要学会珍惜生命，珍惜身边拥有的一切，在拥有的时候好好把握。生命中有很多美好，不要等到失去了才后悔。

清·任伯年·花鸟册页

成功篇

成功就是做别人不愿做的事，做别人不敢做的事，做别人做不到的事。

【方向·目标】

世上最重要的事情，不是你到了哪里，而是你将走向哪里。生活的关键不是你有多使劲，而是你在向哪里使劲，方向不对，努力白费。

你从来不缺乏梦想，而是经常忽略了梦想的存在。目标明确，方向就正确；目标越大，困难就越小；目标一旦超越极限，你会变得没有任何障碍，因为所有的经历都变成了挑战，而挑战成功会给你带来无穷的乐趣和成就感。

对于过去，你已然无能为力，能改变的只有你的未来。给自己设定一个目标，一年，两年，五年。也许你条件不如别人好，但通过努力，往往可以改变命运，破罐子破摔只配与懦弱者在一起。困难困难，困在家里，看什么都难。出路出路，走出去了，总会有条自己的路。

人生有很多诱惑，在眼花缭乱的诱惑面前，也许你会迷失方向。没有方向的人，不管走了多远，你还是原来的你。假如你有了清晰的目标，也就有了正确的方向。向日葵是不起眼的，因为有了方向，它永远抬着头，因为它的执着，才孕育了金灿灿的色彩。

方向不是直线，总是充满曲折的，有了方向就有了期待。有时候，期待的幸福，胜过了实现目标的欣喜，因为那是一种虔诚的翘首；有时候，期待的感觉，胜过了幸福来临时的感受，因为那是一种渴望的屏息；有时候，期待的品味，胜过了与成功相逢的成就感，因为那是一种祈祷的轨迹。

方向是一方罗盘，给航海家导引探险的航向。方向决定了未来的领域，有了方向，就会知道自己该干什么，不该干什么，方向就成为了清晰的导向。有了方向，生活的舞台就成了创作的舞台，生活的忙碌就化为了生命的充实。

没有目标的人生叫谋生，没有目标的生活是生存，没有目标的人，永远都是在为那些有目标的人服务。真正的人生之旅，是从选定正确的方向、设定适合自己人生坐标的那一天开始的。把方向设定在自己的大脑中，方向就不再只是方向，而是一个美丽的图景，它可以激发你的潜能，牵引着你飞向梦想的天空。

清・石涛・山水册页

【成功·途径】

有的人曾经是穷人，他来自偏远地区的穷困家庭，他的社会阅历不足，文化程度不高，他白手起家，但经过了痛苦的磨砺，艰苦卓绝的打拼之后，他改变了自己的命运。

有的人没有背景，没有项目，没有人脉，但他的内心始终不安分，他一直在渴望成功。成功就像一个磁场，总是吸引着那些渴望成功的人，终于有一天，他找到了自己的角色，找到了事业的突破口。

有的人经历了很多创业的失败，背上了沉重的债务，但他不甘心在浑浑噩噩的日子里沉没，他把失败的原因全部研究了一遍，当他开始研究这个步骤的时候，他的事业就出现了转机。

成功一定有方法，失败一定有原因。当你的家人数落你没有出息的时候，没人会同情你；当你的团队和另一半都抛弃你的时候，没人会同情你；当你一无所有的时候，没人会同情你。成功就是要在最短的时间内做最有效的事情。

成功与否，取决于你看过的书和你所见过的人，和什么样的人在一起，就会变成什么样的人。为什么还没有成功，还没有到达自己设定的境界，是因为没有找到成功的途径。如果有三十个成功的方法，但你也有二十种失败的习惯和原因，请问你会不会成功？每当你用成功的方法向前走三步，但你失败的习惯又向后退两步；每当你用成功的方法向前走四步，你失败的习惯又让你后退一步。答案，不言而喻。

你跟什么样的人接触，你一定会像变色龙一样，发现自己不知不觉中变成了什么样的人。一定要远离那些充满负能量的人，他们会在不知不觉中偷走你的梦想，使你越来越颓废、越来越平庸。你和谁在一起的确很重要，甚至能改变你生活的轨迹，决定你的人生成败。和什么样的人在一起，就会有什么样的人生。和勤奋的人在一起，你不会懒惰；和积极的人在一起，你不会消沉；和发光的人在一起，慢慢地你也会发光。与智者同行，你会不同凡响；与高人为伍，你能登上巅峰。如果你能够找到最顶级的人来教你，你的成功概率就会更高。

清・石涛・山水册页

【成功·做人】

做事不需要人人理解，只需要尽心尽力；做人没必要人人喜欢，只需要坦坦荡荡。只有做人成功，才是真正意义上的成功。成功就是做别人不愿做的事，做别人不敢做的事，做别人做不到的事。

世上有三种人，第一种是失败的人，永远在解决昨天的问题；第二种是平凡的人，永远在忙于今天的事情；第三种是成功的人，永远在规划明天的梦想。

有的人捞到了一官半职，便举杯庆贺、志得意满；有的人在某种机遇中获得了一些财富，便财大气粗、不可一世；有的人在跟对手的一次交锋中取得胜利，便为自己的成功扬扬自得；有的人在发表了一两篇文章后，便以文学家的姿态出现在别人面前；有的人在和别人交往时，占了点便宜，便为自己的小聪明叫好。他们的为人，其实是一种肤浅的为人；他们的眼光，只能说是鼠目寸光。这类人所谓的成功，只是一时半刻的成功，是暂时的得意。

做人别太装，分清铁和钢；做人别怕累，总得遭点罪。说话让人喜欢，做事让人感动，做人让人想念。很多人忙忙碌碌活了一辈子，四处碰壁，也没弄明白，人到底该怎样做。其实做人很简单，小事看态度，大事见担当；细节看品位，危难见真情；人前看背影，人后见人品。

做人，少点攀比就不会太累，少点计较就不会太烦，少点比较就不会太苦。不卑不亢，活出自己，不嗔不怨，踏实做事。成功的人，就是将别人坚持不下来的事情，坚持做下去。成功的人，不一定是才华横溢，但一定是执着有力。你能尊重多少人，就有多少人敬重你；你能相信多少人，就有多少人信任你；你能让多少人成功，就有多少人帮助你成功。

成功不是做多大，而是做多好；成功不是看别人的脸色做事，而是把握好做人的尺度行事。一个人的成就，不是以金钱衡量，而是一生中，你善待过多少人，有多少人怀念你。生意人的账簿，记录收入与支出，两数相减，便是盈利；人生的账簿，记录爱与被爱，两数相加，就是成就。

放纵自己的行为，迁就自己的过错，就会失去做人的尺度。做人不成功，成功是暂时的；做人成功，不成功也是暂时的。

【习惯·积累】

一个清晰的目标，让你围绕着一个点去积累；一个良好的习惯，让这些积累在生活中潜移默化地成长。看起来，你每天都在做同样的事情，其实你是在扎根，你每天都是在为未来积蓄力量。

持续累积，比当下的实力更重要。坚持做一件事情，你就会累积更多知识、更多经验、更多资源，最后也就更有可能成功。即使当下的实力不如人，也不必灰心气馁，只要持续累积就有机会超越他人，短暂的输赢不代表永远的输赢，怕的是因为灰心丧志而失去了奋斗的勇气。

不要惧怕压力，它可以垫高你的人生；不要躲避忙碌，它可以燃烧你的雄心；不要拒绝寒冷，它可以积蓄你的能量。唯有埋头，才能出头。梦想明确了就足够了，不要把梦想总是停留在口头上，重要的是要靠近它，积极准备，渐渐积累，当你把积累变成一种习惯时，你就离梦想越来越近了。

习惯拥有力量，坏习惯也是。习惯不加以抑制，会变成生活的必需品，不良的习惯随时改变人生的走向。人往往难以改变习惯，因为造就习惯的就是自己，结果人又成为习惯的奴隶。懂得理财的人都知道，坏的习惯常常带来这样那样的损失。该积极投资的时候，躲在后面，犹豫不决；该规避风险的时候，固执地冲在前线，损失惨重。总是想花最少的钱，获得更多的享受，结果是捡了芝麻丢了西瓜。那些坏习惯，就像一个个小小的漏斗，让财富在不知不觉中流失于无形。

假如说，一个坏习惯的养成，需要一周的时间，那么改变这个坏习惯，也许需要一年的时间。坏的习惯是在不了解或误解的情况下，不知不觉养成的。改变这些坏习惯，就成了一个长期的、曲折的，甚至是折磨的过程。所以，一开始就应该养成一个好的习惯。

成功靠的不是怨天尤人，而是一点点能力的积累。做好每件小事的意义是不能被忽视的，小事中也有许多不引人注意的非凡意义，把每件事做好，并且力求完美，是成功人士的良好习惯，是成功者的标志。

把某种好的习惯坚持下来，积累多了，就成了做法；把某种好的做法因袭下来，流传久了，就成了风俗；把某种好的风俗传承下来，流传广了，就成了文化；把某种经典的文化继承下来，传播开了，就成了文明。

习惯源于积累，进步源于创新。一个优秀的人，就是将良好的习惯坚持下来，不断进步的人；一个积极的团队，就是将先进的技术和经验传承下来，不断增值的团队；一个强大的民族，就是将历史的文明沉淀下来，不断创新的民族。

播下一个行动，收获一种习惯；播下一种习惯，收获一种性格。思想会变成语言，语言会变成行动，行动会变成习惯，习惯会变成性格，性格会影响人生。

【能力·格局】

能力是干事的基础，决定你“能做什么”；动力是干事的条件，决定你“想做什么”；定力是干事的保证，决定你“敢或不敢做什么”：三者具备则决定你“做成什么”。有能力没动力，能力打折扣；有能力有动力，而没有定力，努力会白费。

格局是一个人的眼光、胸襟、胆识的内在布局，掌握了大格局，你就掌控了大局势。

你可以烙出大饼来，但是你烙出的饼再大，它也得受做烙饼的那口锅的限制。一个境界低的人，讲不出高远的话，一个格局小的人，做不成大气的事。

有能力者如过江之鲫，数不胜数；有大格局者却如凤毛麟角，寥若晨星。有能力的人看重的是个体，有激情，有勇气，在单打独斗时发挥威力；有格局的人更注重的是整体，有取舍，有进退，有变通，能在团队取胜时体现智慧。

善于发现别人的优点，并把它转化为自己的长处，你就会成为聪明人；善于把握人生的机遇，并把它转化成自己的机遇，你就会成为智者。

能力固然重要，格局更不可小觑，有能力的人走得快，有格局的人跑得远。能力插上了格局的帆，就能够漂洋过海。要想放大自己的格局，就需要站在不同的位置感受不同的风景。一个人的脑子能同时容纳两种相反的思想，而无碍于其处世行事，这是测验一个人的智力是否属于上乘的一个基本标准。正反对比，全面考量，举一反三，触类旁通，这是智者的智慧，是成功者的能力，是全面的格局。

大格局有大气量，对美丑是非的判断与拿捏准确到位。有格局的人，可以把不大不小的事情办得圆满，把不忙不闲的工作做得出色，把不多不少的收入花得妥帖，把不咸不淡的日子活出精彩。

大格局有大方向，不因外在压力而改变。有格局的人，不仅能在困境中忍受屈辱，而且能在屈辱中负重前行。格局决定了结局，只盯着树里的虫子不放的鸟儿，是不可能飞到白云上的。有格局的人，不仅能力超群，而且有胆识有策略，能够执行大的战略。大格局是一种深度，大音希声；大格局是一种品性，大巧若拙；大格局是一种姿态，大象无形。

对他人的成功像对待自己的成功一样充满热情。学最好的别人，做最好的自己。借人之智，成就自己，此乃大格局。

大格局不是与生俱来的，不是先知先明，他和你目前所处的环境也没有必然的联系。格局是一个人对自己目标的准确定位。知识和技能是内力，合适的平台和丰富的人脉是羽翼，如果你能充分利用一切资源，让自己的每一天都处于一个上升的阶梯上，那么，未来的大格局与大发展将不仅仅只是一个梦想。

【态度·进取】

端正了态度，就有了进取心，就能充分挖掘自己的潜能。进取心是塑造灵魂的模子，有了进取心，就有了奋发向上的斗志，有了斗志，结果就会朝着积极的方向变化。

进取心是成功的起点，也是永不枯竭的心理资源。当渴望有所成就的时候，才会冲破限制的种种束缚。

你不喜欢某些事物，总试图去改变它，如果你确实无法改变它，那么就应该尝试着改变你的态度。水牛不想喝水时，你怎么也无法按下它的头；母鸡不想孵蛋时，把它捆绑着也不能孵出小鸡；一名不想进步的员工，哪怕天天逼着他干活，也不可能有出色的表现。一个没有进取心的人，怎么能奢望他付出更多的努力。我们心目中的人才与普通人的差别，不是由智商决定的，更不是由基础与起点决定的。

所谓人才，就是你交给他一件事情，他全力以赴地做成了；你再交给他一件事情，他又千方百计地实现了。所谓庸才，就是你交给他一件事，他不但没有做成，还找种种理由说是别人的原因，并声明和他本人无关。两者的区别：一个是做，一个是说；一个是不想退路，一个是找好退路；一个是全力以赴，一个是瞻前顾后。人才，从来不是淘汰下来的，而是淘汰后活下来的。所以，请带着结果去奋斗。

成功的道路没有止境，切不可因为一时的成绩而扬扬自得，骄傲自满。一个人只有时刻保持着一种虚心求教的态度，才能不断地学习，不断地进步。

进取心是人的灵魂高竖在这个世界上的天线，通过它可以不断地接收和了解来自各方面的信息，它是威力强大的引擎，是决定成就的标杆，是生命中源源不断的活水。把进取心作为大海中永不断电的灯塔，我们的生命才不会迷失航向。

清・任伯年・杂画册页

【激情·拼搏】

能不能干成大事，首先要看有没有激情。有了激情，就有了灵感的火花。平庸者没有激情，他总是按部就班，很难出大错，也绝不会做到最好。没有激情就无法兴奋，就不可能全心全意投入工作，有些平庸者不能说没有激情，但他的激情总是消耗在太多具体的事情上。

拼搏是个神奇的词语，它会让平凡的人变得非凡，让渺小的人变得高大，让灰暗的人变得光鲜。只有拼搏过后，成功才会向你招手。

有了拼搏的勇气，才能有奋斗的激情。有了激情，就能找到真正的对手，才能认清自己的实力；有了激情，就有了跨越的力量，才能将一个个对手甩在身后；有了激情，就有了腾飞的翅膀，才可以从速度中要高度，实现更高的目标，实现更大的成功。

做事如果没有坚强的决心，半途而废就会如影随形。是水，就应该成为波浪，体验壮阔；是土，就要垒成高山，体验巍峨；做人，就应该成为先锋，第一个感受成功的快乐。

科学家探索科学的奥秘，运动员把训练场当战场，革命先辈浴血奋战，就因为骨子里铸就了一个坚硬的“搏”字。有了拼搏的激情，跌倒了就会爬起来，即使摔倒了千百次，也照样站起来，义无反顾向前冲。

有了拼搏的激情，就能承受屈辱和非议，年复一年，不达目的不罢休；有了拼搏的激情，就能耐受寂寞和孤独，日复一日，把铁棒磨成绣花针。

拼搏是痛苦的，有的人经受了挫折，体无完肤；拼搏是残酷的，有的人遭受了打击，面目全非。如果你想像雄鹰一样翱翔天空，那你就要和群鹰一起飞翔，而不要与燕雀为伍；如果你想像野狼一样驰骋大地，那你就要和狼群一起奔跑，而不能与鹿羊同行。真正的强者，会从失败中重新站起来，站在新的高度，开始新的拼搏。

清・任伯年・人物册页

【困境·收获】

伟大的作品不单是靠才华，更是要靠坚持来完成的，每一个成功的故事背后，都有一段不为人知的艰辛。真正能让你倒下的，不是对手，而是你那绝望的内心。

人生路上难免会遇到逾越不了的困境，绕一绕，何尝不是个办法。逆境能成机遇，拐弯也是前进的一种方式。拐弯是绕行，不是调头和放弃。

困境不是绝境，不要常常觉得自己很不幸，因为还有许多比我们更不如意的人，要能乐天知命，随遇而安。把失败作为一堂必修课，遇挫折时不要灰心丧志，不是路已到尽头，只是该转个弯为自己换个跑道罢了。若能将失败当成教训引以为鉴，透过检讨，不再重蹈覆辙，这将会是人生的宝贵经验。

困境能够增长你的见识，提高你的能力，磨炼你的心智。历史上的伟人都是在饱经困难和磨难之后，才能够成就一番伟业。当你回首往事，你会发现，那些让你终生难忘、值得怀念的人生经历，都集中在那些曾经让你觉得困难的事情上。

为什么屋檐下的水滴能把石头滴穿？为什么柔软的绳子也能把木头锯断？是一天天的坚持，创造了奇迹。当困难绊住你脚步的时候，当失败挫伤你雄心的时候，当负担压得你喘不过气的时候，不要退缩，不要放弃，一定要坚持下去，因为黎明到来之前总是最黑暗的。

只争朝夕，在你茫然的时候；只争朝夕，在你沮丧的时候；只争朝夕，在你懒散的时候；只争朝夕，趁你还拥有梦想的时候。太阳每天都是新的，生活永远充满希望，现在就开始吧，把握每个瞬间，不要再犹豫。

得意，失意，不要在意；顺境，逆境，永无止境。人生的上坡路与下坡路，总是不经意中与你不期而遇。上坡时需要自信和勇气，下坡时需要冷静和沉稳。走好人生的每一截上坡路与下坡路，是一种坚持，更是一种历练。

与其说，不相信你的努力和奋斗可以实现成功，不如说，你是不敢面对奋斗中可能遭遇的困境和危险。努力从来不会做无用功，只要坚持了，即使无法在这个枝头开花，也有可能在另一处枝尾结果，就像竹篮打水，水漏下去了，但有可能捞上一条鲜活的鱼。

真正的英雄，是那些能屈能伸之人。没有谁一辈子都是顺顺利利的，所以，得意时固然值得扬眉吐气，失意时却不能一味消沉，应积蓄力量，以伺东山再起。这时候的隐忍，才算把人生百味都尝尽。失意时的忍，是以退为进。

人生难免会陷入各种困境，在重重的压力和困惑面前，我们要学会调整自己。无休止的忧虑，不是解决问题的办法；一味逃避，也不是智慧的选择。学会以一颗感恩知足的心去面对困境，放下心头的包袱，轻装上阵，你才能走出困境，收获你想要的硕果。

【成功·机遇】

机会对每个人都是平等的，你可以没有开枪的机会，但机会来时，你不可以没有子弹。不是有了机会才去争取，而是争取了才有机会。不是有了条件就能成功，而是想成功就必须努力创造条件。

机遇总会留给善于把握的人。机遇的来临，也许是一转身的工夫，而机会背后的准备，却要付出千辛万苦。

成功者总是把握机会，失败者总是错失机会。一般人不成功的最大原因就是缺乏行动力，患得患失，等待观望，总是要等到别人成功了他再去做，但这个时候已经没机会了。

成功的关键就是把握机遇，马上行动、立即行动。每个成功者都是在最短的时间采取最有效的行动，这往往是把握机遇、获得成功的关键因素。

没钱并不可怕，怕的是一直要等人来救济；孤单并不可怕，怕的是一直孤单；失业并不可怕，怕的是一直不去找工作；生病并不可怕，怕的是一病不起；输了并不可怕，怕的是一败涂地。积极的人从困难中把握机遇，消极的人从机会中看到困难。在同一个环境中，不同的人有各自不同的想法，有的人抱怨，有的人感恩。积极的人传递正能量，让你充满自信与力量，消极的人消耗能量，让你失去目标和热情。

世上最大的敌人，不是别人而是自己。一个人最大的资产是希望，最大的付出是行动，机遇可以创造，却不可等待。

每个人都有成功的机会，就看你给不给自己机会。发现不了机遇的人是愚钝的人，抓不住机遇的人是慵懒的人，在机遇面前麻木不仁的人就是罪人。如果天上真的能够掉下馅饼，那么这块馅饼也只会掉在那位把头昂起来，准备迎接馅饼的人的嘴里。

明・渐江・山水册页

【勤奋·探索】

宇宙很大很大，人类很小很小，不是你懂得了很多，而是你不明白的太多。人类一直在探索宇宙的奥秘，但这个世界又总是那么遥远。人类一次又一次地探索，又一点一点地明白，这就是探索与发现的过程。探索是在不断的发现中进行的。

不是每一道江流都能汇入大海，不流动的便成了死湖；不是每一粒种子都能长成大树，不生长的便成了空壳。这是自然规律，它是由自然的法则来决定的。为什么有的人成功了，有的人却失败了？为什么有的树苗能开花结果，而同样的树苗却只长树干和树叶，与植树者的期望那么遥远？这也是由成功的法则来决定的。

没有辛勤的耕耘，没有勤奋的火种，探索的步子就不会走远，成功的约会就会取消。不会游泳的人，老换游泳池是不能解决问题的；工作不努力的人，老换工作也是不会解决问题的。不怕山高路远，就怕中途偷懒。滴水穿石，不是力量大，而是遵循了坚持的原则；硕果累累，不是因为天气、土壤和阳光好，而是缘于园丁的辛勤劳作。

贝多芬耳聋之后从没停止音乐创作，他与命运抗争，把毕生的心血，都倾注在那雄浑激荡的“命运交响曲”中。他的生命看似并不完整，但他把自己的呼吸与命运、与音乐统一在一起，在音乐的海洋里执着地追求，他的生命是无比灿烂的。他在世界音乐史上的成就与地位是全世界公认的。

现实和理想，一个在脚下，一个在心中；一个很实在，一个很浪漫。前行的道路注定无法拒绝泥泞，要想实现理想，就必须勇敢地追寻，勤奋地探索。

理想是蓄电池，探索是发动机，勤奋是催化剂。生活就像是一场竞技赛，生命的长度就是生活的赛程，能在这场竞技赛上获取金牌的，都是一辈子勤奋探索、苦苦追求的人。

清·吴昌硕·花果册页

【选择·判断】

命运由自己决定，生活由自己选择。选择是人生的起跑线，决定成败的，不仅是能力的大小，而是一开始的选择。

我选择善良，不是我退缩，因为我明白，忍一时风平浪静，让一让海阔天空；我选择宽容，不是我懦弱，因为我明白，宽容是美德，美德没有错；我选择真诚，我有话直说，违心奉承是应付，忠言逆耳是负责。

人有两条路要走，一条是必须走的，一条是想走的，你要把必须走的路走漂亮，才可以走想走的路。走对了路，每段都是精彩的；做对了事，每件都是开心的；爱对了人，每天都是幸福的。选择大于努力，过去的选择决定今天的生活，今天的选择决定以后的日子。种子放在石头上会被晒死，放在水里会被淹死，放到肥沃的土壤里就生根发芽，是选择决定了命运。有的人一辈子都很努力，可是依然贫穷，那也许是他的选择不适合他自己。

每个人都有两亩田，白天的一亩田是填饱肚子，晚上的一亩田是耕种自己的未来。世界上有多少才华横溢的失败者，又有多少高学历的无业游民，他们的被动，都是因为选择失误造成的。以不变应万变，其实是懦弱者的自我安慰。

选择是个艰苦的过程，考验着人的判断能力。选择是一种判断，是一种决断，更蕴含着丰富的智慧。选对老师，智慧一生；选对伴侣，幸福一生；选对环境，快乐一生；选对朋友，甜蜜一生；选对行业，成就一生。选择影响着人的命运，有多少人忽视了这简单的道理，又有多少人觉得理所当然。不会选择，就会迷失方向，难修正果；不坚持选择，就会朝秦暮楚，难成大业。

有选择的机会时，当然要选最好的；没有选择的余地时，那么请尽力做到最好。做错了，立即改正；困惑了，调整步伐；失望了，给自己打打气。

当你觉得还剩一线希望，还可以为之奋斗的时候，千万不要放弃，等待成功的过程是很难过的，但到了后悔的时候，你会更难过。

在成功的路上，上天每隔一段距离就会设一道坎，让你煎熬，让你难受。请记住，这就是成长的过程，它让你蜕变，让你脱胎换骨，让你一步步地接近胜利。

【行动·主动】

有行动不一定会成功，没有行动一定会失败。积极主动，马上行动，老天都会助你成功。所有成功的人都是积极主动的人，谁行动谁主动，谁主动谁掌控。

要把想法变成实际，要让梦想变成现实，你就必须让梦想落地。积极行动，是实现梦想的最佳途径。不种今年竹，哪有来年笋，立即做，马上做，尽力做，好好做。积极主动的人，东方不亮西方亮；消极等待的人，南方黑了北方暗。丢马才上炮，贼走关大门，这是一味消极等待的人常做的蠢事。行动是工作的过程，也是学习的方法，积极的人在行动中常常会有新的发现、新的提高。消极的人在等待中观望和退守，一步步地落后，一天天地消沉。

生命运动从本质上说就是一次探险，如果不是主动地迎接风险的挑战，便是被动地等待风险的降临。如果你获得成功，你可以提升至新领域，显然这是一种成长；就算你失败了，你也很快可以清楚为什么做错了，学会以后该怎么做，这也是一种成长。

当困难的大山不主动挪位时，你应该主动走近它。与其等待时机，不如立马借势，靠近它，了解它，渗透它，瓦解它。一公斤炸药与一公斤木柴的能量相差无几，但前者能使山崩石裂，后者却至多只能烧一壶开水，原因就是炸药的能量在找准了突破口后瞬间爆发，而木柴的能量则是在燃烧的过程中缓缓释放。

世上唯一不变的真理就是变化，任何优势都是暂时的。当你在占有这个优势时，必须争取主动，再占据下一个优势，这需要前瞻的决断力，需要的是行动。趁早动手拔芽，才免生根难拔。只知道等待，不但到不了终点，一旦大风来袭，连最初的起点都找不到。用积极主动替换逆来顺受，才能从生不逢时的自怨自艾中解脱出来，才能开始积极的行动，创造美好的未来。

清·高其佩·人物册页

【事业·竞争】

事业是什么？事业是与大家共同分享的幸福，它经得起困难的考验，经得起偏见的愚弄，经得起岁月的磨砺，经得起时代的变迁。

事业是一种人生，是不断充实的自我，是不断实践、勇于进取的过程，是回首往事无怨无悔的归宿。

事业需要管理，个人发展和公司发展一样，技术不是最重要的，重要的是管理好自己。只有良好的管理与运作，才能实现效益的最大化，才能实现最快最好的发展。

事业需要实干，不干什么都没有。世上没有空手套白狼的成就，脚踏实地走好每一步，才是接近成功的唯一方法。

要实干，就要一步一个脚印地走，不要总想着走捷径。少一些哗众取宠，少一些急功近利，少一些怨天尤人。实干要求我们坦然面对成败，矢志不渝；实干要求我们来不得半点虚伪，投机取巧是成不了大事业的。

事业需要竞争，竞争无处不在，竞争是残酷无情的。羚羊每天早上想到的第一件事，就是它必须跑得更快，否则将会被狮子吃掉。而此时的狮子从睡梦中醒来，首先闪现在脑海里的是，它必须跑得再快一些，否则就追不上更多的羚羊，它就会被饿死。这就是竞争。

不要担心别人做得比你好，集中精力打破你每天的纪录，成功只是一场你和你之间的战斗。要想在竞争中立于不败之地，就必须培养自己的核心竞争力。核心竞争力是偷不去、拆不开、带不走、溜不掉的独特资源，是一种难以模仿的竞争优势。

要成功，需要朋友，要取得巨大的成功，需要敌人。有竞争才有发展，因为有了敌人的存在，因为有了不服输的决心，才会努力地做好自己的事。所以，有时候，敌人比朋友的力量更大，天下没有永远的敌人，也没有永远的朋友，有些时候，敌人也可以变成朋友。

事业需要合作，竞争与合作是相互依存、相互促进的。没有竞争的合作是一潭死水，没有合作的竞争会孤独无力。在竞争中成长，一步步地壮大实力；在合作中完善，一环环地改善管理。把竞争与合作的节拍处理得圆润优雅，就能在事业的发展中如鱼得水，永葆活力。

清・石涛・山水册页

【成功·失败】

没有偶然的成功，也没有必然的失败。成功与失败，往往取决于你的态度。在很多时候，成功并不像想象的那么难，甚至可以说很简单。别把成功看得太复杂，否则会阻碍你前进的脚步。善于调整自我心态，才是人生最大的本事。

成功者克服万难，失败者被万难克服。成功者只在问题的背后找答案，失败者永远在答案的背后找问题。凡事找方法去解决者，一定是成功者，做出业绩，完成目标，体现价值。凡事找借口推脱者，必定是失败者，注定一生无作为。

过去的习惯决定今天的你，所以，过去的懒惰决定你今天的一败涂地。总有人喜欢说，等你成功了，我就跟你干。你可知道，我成功了，你和我的距离已经很遥远。雪中送炭的时候，你在看；抱团取暖的时候，你在躲；同舟共济的时候，你不出力；锦上添花的时候，我不缺人。

每个人的一生，难免都会遭遇挫折和失败。所不同的是，失败者总是把挫折当失败，每次都被挫折打击他取胜的勇气；成功者则是从不言败，在一次又一次的挫折面前，总是对自己说，我不是失败了，而是暂时还没有成功。

一个暂时失利的人，如果继续努力，打算赢回来，那么你今天的失利，就不是真正的失败。相反的，如果你失去了再战斗的勇气，那就是真的输了。

人可以失败，也可以从失败中站起，但是，你一定要记住，决不能习惯失败。因为，你要知道，身体的疲惫，不是真正的疲惫，精神上的疲惫，才是真正的劳累。

真正的绝望是内心的迷茫。我们必须记住，路是自己选的，后悔的话，也只能往自己的肚子里咽。只要每天进步百分之一，那就是成功。如果你想一步登天，你必将摔得体无完肤。

人生充满了尝试与错误，一次失败不代表你就出局了。人生最大的遗憾，莫过于轻易放弃了不该放弃的。成功的人之所以成功，靠的是实力，靠的是洞察力；失败的人之所以失败，是因为一开始就抱着侥幸心理。

成功的人在总结中找教训，失败的人在教训中讲困难。

多为成功找方法，别为失败找理由。工作生活中，小事情做好了，就没有大困难；小问题解决了，就没有大麻烦。有许多事情，不是因为难以做到才让人们失去信心，而是因为失去了信心，才让事情变得难以做到。许多人没有成功，不是因为行动前没有计划，而是缺少计划前的行动。

人的一生，除了自己谁也不能为你负责。相信自己能做好决定，养成自己思考的习惯，不要随意附和别人，大胆地承担失败的后果。只要你认真做了，只要你比昨天做得好，就算暂时还未成功，也应该为自己喝彩，为自己鼓掌。

人生没有真正的绝境，视挫折为资本，才会摘取成功的桂冠。不是每一次播种，都会有所收获，耐心是改变命运的最快速度，急于求成是成功的大敌。成功者永不止步，止步者难以成功；从失败中崛起，便是成功的开始；沉溺于功劳簿，最终将以失败告终。

如果你成功了，你会赚得一些虚伪的朋友和一些真正的对手。很多人的成功或失败，与本身的实力没有绝对的关系，而是源于游戏规则的不平等。经过努力但是失败了的对手，比一个虚伪的朋友更值得尊重，更值得珍惜。没有所谓的失败，只有暂时的不成功，成功就藏在最后一次失败的后面。

清・虚谷・花果动物册页

【成功·忠告】

人之所以不能成功，不是因为没有付出努力，而是因为在努力的过程中没有历练好自己的心态。如果不能耐心地等待成功的到来，那只能用耐心去等待一生的失败。失败并不可怕，可怕的是认输。只知努力不想结果，往往会有好的结果；只想结果不知努力，必定会有坏的结果。

成功的时候，不要忘记过去，失败的时候，不要忘记还有未来。为什么有些人失败了无数次，最后取得了成功？为什么有些人成功之后又失败了？“我不想做、我没想到、我尽力了、这不可能、没人帮我”，这就是失败者经常用的借口，是失败者生活中的麻醉药，是失败者共同的基因。

受挫一次，对生活的理解加深一层；失误一次，对人生的醒悟增添一阶；不幸一次，对世间的认识成熟一级；磨难一次，对成功的内涵透彻一遍。想获得成功和幸福，想过得快乐和欢欣，首先要把失败、不幸、挫折和痛苦读懂。宁愿辛苦一阵子而不要去辛苦一辈子，如果你觉得成功很辛苦的话，那么，请你去看看那些失败的人是不是更辛苦，因为他们要辛苦一辈子。尽心尽力不等于竭尽全力，全力以赴的结果，永远也超越不了全命以赴的收获。

那些事业成功的人不见得就没有烦恼，他们要承受比常人更多的负担和压力，你看到的是凤凰涅槃，飞翔的姿态，你没有看到的是成功过程中的隐忍和磨难，大起大落的戏剧效果，还需要更为坚强的心理承受能力。

成功的时候，你可能沉不下心来，那个时候总结的经验，有些是虚假的；只有失败的时候总结的教训，才是最深刻的，才是最真实的。认认真真，踏踏实实地做好每一件事，不因轻易而轻视，不因痛苦而放弃，不因困难而退缩，不因有功而自傲，也不因无过而自喜。

成功的人，尽管有时候觉得命运是悲剧，战战兢兢地迎接生活，但他懂得以积极的态度去面对；失败的人，尽管有时候觉得命运是喜剧，只知道轻轻松松地享受日子，最后往往是笑不出声来。

不管那些消极悲观的言辞是多么头头是道，永远也不要听信，因为它只会偷走你的梦想与希望，而不需要负任何责任。最重要的是，当有人告诉你不可能时，你要学会像聋子一样，充耳不闻，脑子里只有一个想法，我一定要成功，一定能成功。记住，穷人只会教你怎么比他更穷，想成功，一定要跟成功的人学习。

社会篇

做人的格局有多大，成功就会有多大。

【知法·守法】

法是一个神圣的字眼，律是社会习俗和思想的结晶。在守法的人面前，法有情有义；在违法的人面前，法铁面无私。

法律是秩序的保证，有好的法律才有好的秩序。在法治社会中，什么是快活，敬畏法度最快活；什么是靠山，遵纪守法是最大的靠山。再高的权力也不可逾越法律，再狡猾的罪犯也难逃法律的制裁，法律面前人人平等。

要守法，不然你就得倒霉。有的人错误地认为，不守法就得治理，这不是对法制的正确理解。在一个法制健全的社会里，不仅公民要守法，政府执法者也要守法。很多人觉得法律很可怕，你违反了，就得坐牢，法律会把你关进笼子里。在法制社会里，不应该觉得法律让人恐惧，法律才应该被关进笼子里，笼子里面是法律的禁区，绝对不能碰，笼子外面是自由的世界。如果你非要把手伸进笼子里，那就会被法律咬一口。如果法律胆敢擅自扩大他的笼子，甚至未经法律程序，从笼子里跑出来，侵犯到人民的自由生活，那么，人民就有权利制裁它。

什么叫无罪推定？什么叫事不在理？什么叫举证责任倒置？这些都是最基础、最浅显的法律知识，我们身边的很多人却不理解。他们对法制的理解，还停留在那八个字，“杀人偿命，欠债还钱”，那应该是包青天时代的法律理念。弘扬法律精神，传播法律知识，让老百姓懂得如何用法律保护自己，这才是普及法律的最终目的。

正是因为中国法律人的努力，才保证了我们在国际贸易上的利益；正是因为中国法律人的坚守，才让那些冤假错案得以沉冤昭雪；正是因为一大批有良知的法律人与政府和人民的共同努力，才使反腐败战役取得了显著的成绩。

建设一个法制中国，是每个中国人所必须履行的义务，面对不公平、不正义，今天你没有胆量站出来，明天你根本站不起来。

清・虚谷・花果动物册页

【教育·家庭】

你的孩子将来能成为什么样的人，在很大程度上，取决于孩子在早期成长的过程中，受到何种层次的家庭教育。最好的家庭教育是什么？家庭教育最重要的任务是帮助孩子建造一个良好的人生平台，让孩子有良好的人格修养，懂得做人，懂得成功的真正意义。

试想，如果一个孩子缺少对生命的认知，没有梦想的能力，不懂得保护自己，无法与别人共享，那么，即使这个孩子门门功课考第一，又能怎么样？

没有天生成功的父母，也没有不需要学习的父母。走近孩子，才觉得今天当孩子真累，当家长真烦，当老师真难。

没有喘息的课表，没有丝毫放松的学习要求，无限度地拔高课程的难度，如山的作业，频繁的考试与排名。除了上课就是吃饭和睡觉，在学习之外，孩子找不到生活的乐趣。如果家长和老师缺乏给孩子松绑减压的意识，加上一点意外，那么，引发孩子的心理崩溃就不是偶然的。

过高的期望只会带给孩子无望。为什么孩子心中不快乐？孩子太累，没有空间。关注孩子的情绪要胜过关心他的成绩，要学会对孩子说：“辛苦了，就歇一下吧！”孩子心中幸福的日子不是有多少钱，而是有一个宽松和谐的空间。现在的孩子，生活的空间越来越大，成长的空间却越来越小；住房面积越来越大，心灵容积却越来越小；学习压力越来越大，学习的动力却越来越小。这些都违背了孩子的天性，必定对其发展产生负面影响。

一个人事业上再大的成功也弥补不了教育子女失败的缺憾。虽然不需要我们一门心思扑在孩子身上，但是失败的教育根本不可能等着我们来弥补。如果稍微有点疏忽，孩子的成长变化会很明显。有些毛病一旦养成，要花费很多精力来改正，甚至根本无法纠治。所以，不管你挣了多少钱，事业发展有多顺利，绝对不能因事业繁忙而牺牲孩子的未来，如果孩子教育不当，将来老了你会后悔的。

孩子在年幼时具有极强的可塑性。他们就像河水的源泉，活泼而无拘无束，一旦被导向某一方向，就能转变它的流向。要想改变孩子，首先应该改变孩子成长的环境，要想改变孩子成长的环境，首先应该改变家长和老师的教育观念，应该平等沟通，学会共同成长。

孩子的心是块奇怪的土地，播上思想的种子，就会获得行为的收获；播上行为的种子，就会获得习惯的收获；播上习惯的种子，就会获得品德的收获；播上品德的种子，就会获得命运的青睐。

孩子就是你的缩影。你冷静，他才能理智；你平和，他才不暴躁；你希望他怎么样，你就做给他看。你暴怒，他会怒目相向；你横眉冷对，他也会不屑一顾；你指责抱怨，他会怨声载道。

孩子是父母的镜子，父母是孩子的榜样。可以说，孩子一生的命运掌握在父母手中，父母若能严格要求自己，就是在潜移默化中塑造着孩子的人格品德。做父母的，应该为他们美好的前程积极创造条件。宠出来的孩子危险，捧出来的孩子霸道，惯出来的孩子任性，打出来的孩子逆反，苦出来的孩子懂事，磨出来的孩子坚强。如果你的孩子很自卑，是因为你对孩子总是失望，不能耐心鼓励；如果你的孩子不上进，是因为你要求过高，他做不到；如果你的孩子意志不坚强，惧怕困难，是因为你没有给他锻炼的机会。

对话比对抗重要，别跟孩子较劲；激励比指责重要，欣赏孩子，告诉他“你能行”；付出比给予重要，要给孩子爱你的机会。只对孩子付出爱，会让他们没有责任感，只会一味索取。成长比成功重要，输得起的孩子最成功。不要总给孩子预设结果，而要重视他的成长过程；经历比名次重要，过分地溺爱造成孩子无能，要给他们接受磨砺、承受失败和挫折的机会。在孩子彷徨和没有出路时，要适时给他指一条路，而不是给他们设一堵墙。

【角度·视野】

人的眼睛是不能看到自己的背后的，这是视觉的盲区。把优胜的一面看得太重，把劣势的一面看得太轻，这是思维的盲区。要想看到自己的背后，就必须借助镜子的反射。要把事情考虑周全，就要虚心听取别人的看法，特别是反对的意见。

看一个人，不要因为他没有本事就看不起他，更不要因为他很有本事就看得起他。就算有钱，走在大街上时，看看你脚下干净的路，你要想到这都是环保工人的功劳。感受你住着的房，你要想到这都是建筑工人的功劳。再品品你桌上的饭菜，你要想到这都是那些在田间劳作的农民的功劳。也许他们有些方面不如你，可是也不能瞧不起他们，他们都是对社会最有贡献的人。你永远没有理由或者权利去看不起你身边的每一个人，因为每一个人都有他在社会上的价值。

即使你很富有，但也不要看不起他们。因为，他们的物质生活也许远远比不上你，但是那并不代表他们的精神生活就不如你。不要看不起任何人，别人的某些方面不如你不代表都不如你，试着去尊重他们，你会有意想不到的发现。要想得到别人的尊重，要想让别人看得起你，首先你要先尊重别人。现在看起来很富有的人，不见得将来还会富有。现在看起来很穷的人，不一定永远都是穷的。就算你很有钱，就算你再有本事，也不要得意忘形，毕竟在这个世上，比你强的大有人在。不要为你现在取得的一点点成绩而沾沾自喜，因为社会永远都是前进的。

每个人的身上都有值得你去学习的地方，哪怕他们连书都没读过。不要以为你现在是什么研究生、博士生，或是什么高官，不要以为你什么都知道了。其实，一个真正成功的人，决不会看不起任何人，何况我们只是普通人。世界在变，我们也在变，但是不管这个世界怎么改变，希望不要轻易去藐视任何一个人。

疲倦的时候换个心情看世界，压抑的时候换个环境深呼吸，困惑的时候换个方式去思考，犹豫的时候换个思路去选择，如果换个角度，世界就是另外一个样子。

站好高度，换个角度，把握尺度，是高度决定了视野，是角度改变了观念，是尺度把握了人生。要想站到高处，就要勇敢地迈开脚步，从山底下披荆斩棘，攀登而上。辩证地看待每件事和每个人，在每个侧面上都会有不同的感受和认知，这就是智者的处世观念。真理和谬误其实是友好的邻居，他们只有一墙之隔，把握好尺度，在生活中才能顺畅如意，游刃有余。

站好高度，前途无量；换个角度，视野开阔；把握尺度，左右逢源。

【经历·阅历】

经历是成长的过程，阅历是成熟的表现。人的一生，注定要经历很多。路上，有朗朗的笑声；路上，有委屈的泪水；路上，有成功的自信；路上，有失败的警醒，每一段经历都是珍贵的。

一些经历，只有自己感受；一些心情，只有自己懂得。嘴里有话却说不出，沉默代表了一切；心中有疼却表不明，泪水倾诉着所有。说不出的委屈，才最委屈；心里的疼痛，才最疼痛。一些事，闯进生活，高兴的，痛苦的，时间终将其消磨变淡。经历得多了，心就坚强了，路就踏实了。

生活有两大误区，一是生活给人看，一是看别人生活。有阅历的人，不改变自己的角色去迎合别人的眼光，不显示自己的软弱去博取他人的同情，不述说自己的狼狈去乞求他人的怜悯，这样的人，把经历当成了学历，在见识中增长了胆识。

读书和阅历都是学习的过程，都是获取知识的重要源泉，读书是读有字之书，阅历是读无字之书。在有字之书中透彻理解书中的寓意，在无字之书中深入领悟生活的哲理，二者皆为重要。重阅历不重读书，会导致经验主义；重读书不重阅历，则会走向脱离实际。

走过一些路，才丈量出有多艰辛；登过一些山，才测量出有多艰难；读过一些书，才知道离富有有多远。有阅历的人，生活如读书，经历着，发现着，创造着。他不仅能够敏锐地发现生活的问题，而且能够解答生活的难题，他们的生活，是一种积极主动的再创造过程。

经历丰富不等于阅历丰富，相反，有时候经历得越多，就越难得到朋友，做起事来就越困难。这是因为，一些负面的影响总是困扰着他。有时候，他觉得自己已经成长了，为了保留自尊，或者说是虚荣，他难屈就和妥协别人。而有阅历的人，不仅想着自己的自尊，更能想着他人的自尊，他总是在对方没有开口的时候，就开始付出行动。因为投入了资金，帮助了别人，他有了回报，得到了财富；为了做好手中的事情，他牺牲了一些与家人在一起的时间，结果有了更多的时间与家人在一起。

一个人的生活阅历是不是丰富，往往与其生活经历密切相关，然而经历并不等于阅历。经历只是一种经过，是对生活的感性认知，而阅历则是对经历进行了思考、领悟、概括、提炼后的提升。

【公平·正义】

公平是一种社会契约，是社会稳定的天平；公平是一种美德，这种美德能知会人在特定的环境中该如何行动，如何做得最好。

在公平与正义之间，公平是前提，正义是结果；正义是公平的灵魂，公平是正义的支撑。将二者割裂开来，往往容易偏离公平正义理念的要求。公平是正义的基础，正义并不同于公平，但正义的要义正是公平。

人生的时时处处，都如同置身在一个个天平上，尽管不可能完全做到不偏不倚，但还是应当尽量努力做到公平，这样才可以心安理得，无愧于自己的良心。做人就要像荷花那样，不管在多么恶劣的条件下，多么复杂的环境中，都要坚持正义，保持高尚的品格。

描绘中国梦的图景，公平正义是它不可或缺的底色。有的人靠钻路子搞门道而一夜暴富，有的人靠拼爹获得火箭式提拔，甚至有人说，从摇篮到坟墓，中国人一生都在走后门搞关系。这些都直接影响着人们对公平正义的感受。

公平的风范排山倒海，正义的力量气壮山河，确保社会公平正义，不仅关乎到人民群众的幸福感，更关系到国家的长治久安。

拆除制度篱笆，取消不合理的准入制度，同时，搭建更多的平台，疏通上升渠道，让人民群众创造的活力迸发出来，使大家共同享有人生出彩的机会，这是确保社会公平的必由之路。

实现社会公平正义，这是一条漫长的道路。哪里有特权，哪里就有不公。抵制潜规则，反对特权，用法治守护公平正义，才能让公正成为人民群众看得见、摸得着、感受得到的一种权利，公平正义的前景才会越来越广阔。

明・沈周・山水册页

【制度·规矩】

没有制度，就没有规矩，更谈不上规范化。好的制度就是好的规矩，它可以引导制度下的力量和谐、有序地运行。

比赛因为有了规则的约束，胜负的判定才会显得公平；交通因为有了规则的约束，马路上的车辆和行人才会各行其道；买卖因为有了规则的约束，交易的双方才会合作愉快。

国家和政党，组织与团队，有了严谨的制度和规范，才会拥有正义和权威。

制度的要点，在于精细。制度要有针对性，好的制度不应大而空，而应细而实，具有可遵守和可操作性，否则，制度会成为贴在墙上的一张纸，起不到真正的制约和激励作用。要从细微处入手，一点一点地深入，哪个环节薄弱就重点加强哪个环节，哪个方面容易出问题、出偏差，就重点改进和完善。废止不适用的制度与制定新的制度，意义一样重要。

制度的威权，在于实用与有效。制度要管得住现在、跟得上发展、经得起检验，不能搞一厢情愿，不能搞闭门造车，确保制度具有权威性。权力无限大，责任无限小；权力无限小，责任无限大：这都是不合理的制度。制度是硬性的约束，而不是具有弹性的橡皮筋。

制度的成效，在于落实与执行。刚性是制度的生命，如果留有暗门，频开天窗，再好的制度也是名存实亡。坚决维护制度的权威性，用好的制度管人、管事、管权，而不能让制度成为纸老虎、稻草人，敢于唱黑脸才能抵制潜规则，才能让大家有敬畏之心。

制度习于平日，在潜移默化中产生影响。要做到按制度办事，就必须牢固树立规矩意识，将制度和规矩入脑入心，使之成为为人的准则、行动的镜子、办事的指南。

明·徐渭·花果写生册页

【智商·情商】

人的一生中，智商与情商是并存共进的，两者不是线性关系，一方高而另一方低是绝对不行的。当智商足够高时，成就高低主要看情商。两者要并行发展，让它们互补而不产生冲突。智商是叶，情商是花，没有绿叶不丰富，没有花朵不精彩。

对于一名球员来说，智商表示一个人学习、理解战术与技巧的能力，如果拥有了它，就不愁得不到一份丰厚的合同；情商则代表了他与队友和教练沟通的能力、阅读比赛的能力以及领导球队的能力，掌握了它，就表示一名出色的运动领袖将会出现在赛场上。

智商是前提，情商是保证。一名情商丰富的员工，他能站在领导的立场思考问题，站在同事的立场商议问题，站在公司的立场解决问题。情商高的员工，不仅能够不断积累工作经验，提高办事能力，还可以凝聚人气，在复杂的竞争环境中显露他独特的魅力。

而一名高明的上司，不仅具有丰富的工作经验，而且还能以独特的个人魅力影响团队。他的高明之处，不仅在于他领导了多少君子，而且在于他同时驾驭了多少小人。

情商的水平不像智力水平那样，可用测试分数的方法较准确地表示出来，它只能根据个人的综合表现进行判断。情商高的人，社交能力强，外向而愉快，不易陷入恐惧或伤感，对事业较投入，为人正直，富于同情心，情感生活较丰富但不逾矩，无论是独处还是与许多人在一起时都能怡然自得。

智商代表了一个人的聪明程度，决定了一个人的自身能力如何；情商反映了一个人的感情世界，体现在各种情感交往中，决定着人与人之间关系的好与坏。两者相比，情商比智商更为重要。情商高的人，可以把看不顺的事情看顺，把看不起的人看起，把快骂出的话收回，把想不通的事情想通。

沟通和八卦是完全不同的两码事，情商高的人，主动地沟通；情商低的人，不由自主地八卦。沟通可以把不清楚的事情说明白，八卦却会把很明白的事情弄糊涂。

说得不明不白是一种错，说得无关痛痒也是一种错。提出问题需要智商，解决问题则考验情商，情商支配着智商，拥有了足够的情商才能更好地利用智商。

【人脉·人气】

人脉不是你认识多少人，而是有多少人认识你，更为重要的是，有多少人会认可你。人脉是金，却贵于黄金，因为黄金有价，而人脉无价。树一个敌，就等于为自己立了一堵墙；培植了一线人脉，就等于为成功又找到了一份希望。

什么是我们最熟悉的？可能就是你最容易忽略的亲人、朋友、爱情、时间、工作、身体、信誉。这一切才成就了现在的你，没有了这一切，你只是孤家寡人，寸步难行。如果你忽略了与你最有缘的这些，那么就等于将财富从身边推开。只有利用好你身边的一切资源，才可能在生活和事业的道路上顺风顺水，更上一层楼。

对待上级如待父母，要尊敬；对待同事如待爱人，要平等；对待下级如待孩子，要关爱；对待朋友如待亲属，要多来往走动。不要吝啬提携你后面的人，他们最有可能成为支持你的力量。结识更多圈子里的高手，有价值的创业机会，往往就来自这里。

一个人，身边有多少人，就有多大的世界，有什么样的人，就有什么样的世界。这些人素养的高低，决定了你的高雅与低俗，他人的质量，就是你这个团队的分量。跟对领导很重要，愿意教你的、放手让你干的领导，绝对是不可多得的好领导；找对朋友很重要，你的快乐是他的快乐，遇到麻烦能拉你一把，这样的朋友是值得深交的朋友；结识优秀的合作伙伴很重要，遵纪守法，在困难面前不仅能承受压力，而且还能主动化解矛盾的伙伴，是你最值得信任的合作伙伴。如果你想聪明，那你就要和聪明的人在一起，你才会更加睿智；如果你想优秀，那你就要和优秀的人在一起，你才会出类拔萃。跟着苍蝇找厕所，跟着蜜蜂找花朵，跟着千万赚百万，跟着乞丐会要饭，你的人脉圈子，不仅决定了你当下的生活水平，更决定了你一生的前程。

贵人是你最珍贵的人脉，他们其实就在你的周围。他们愿意无条件挺你，与你分担、分享；他们一直赏识你的才华，教导并提拔你；他们信守诺言，是你学习的楷模；他们是你背后隐形的翅膀，让你飞得更高更远。只有做个好人，你身边才会有贵人，贵人不会出现在品质低劣的人周围。即便有，那也只能算同伙或者同党，他会把你拉下水。

人气就是财气，人潮就是钱潮。别人一听到你的名字，就立刻想起你，这说明你的人脉好，人气旺，你的业绩就会很快提高。开始建立人脉的时候，你一定要热心，有事没事跟联络簿、好友名单上的每一个人聊聊近况，保持关系，相互了解，互相关心，互相分享，这对拓展人脉大有好处。你的贡献越大，你在人脉圈子里的价值就越大，反过来，愿意帮你的人就会更多。

【礼仪·形象】

礼仪就是律己、敬人的一种行为规范，是表达对他人尊重和理解的过程。文明和礼仪，既是个人素质、教养的综合体现，又是个人道德和社会公德水平的体现，是城市的名片、国家的脸面。

要比别人优胜，除了能力超群，还要掌握有效的沟通方法。拥有良好的职业形象和娴熟的礼仪规范，对促进交流与沟通，有着更为积极的作用。

礼节是不妨碍他人的美德，是恭敬他人的善行，是人际关系的润滑剂，是交流沟通的通行证。尊重客人是常识，尊重对手是风度，尊重上级是本分，尊重同事是平等，尊重下级是美德，尊重所有与你相处的人，这是一种素养。在职场中，礼仪礼貌能减少人与人之间的摩擦，增加好感。良好的职场礼仪和职场形象，不仅会给对方带来视觉的享受，还能给对方留下良好的印象。

站得直，坐得正，起码可以让人觉得你是精神饱满的人；不迟到，不早退，时间观念是最起码的诚信标签；语言轻，微笑迎，把自己看轻一些，大家往往会更加看重你。

倾听是待人最美的礼节，也是最容易促成效果的礼仪技巧。学会倾听，看似简单，实则不然，善于倾听比善于表达更难做到。每个人都有表现自己的欲望，希望被大家接受和认可，却常常忽视了倾听的重要性。爱说话的人，本来就失去了一份宁静的美，越是滔滔不绝，越容易暴露你的无知；相反，越是洗耳恭听，越会有意想不到的收获。

礼仪是一种心情，播撒美丽，收获幸福；礼仪是一种文化，在自己审美的同时，也能让别人欣赏美；礼仪是一种提高，告别了无知和粗俗，走进了文明与进步。

学习礼节，懂得礼仪，是提升个人竞争力的需要，更是提高国家和民族软实力的具体要求。公民的文明礼仪水平，在很大程度上体现了这个国家的社会发展水平。礼仪不仅是人与人交流的一种风度，也是团队或组织之间交流沟通的一种文化。上升到国际层面，礼仪则是对国家文明的表达。用隆重、热烈、高标准的外交礼仪来表达对客人的尊重，往往可以起到事半功倍的效果，交流与合作，自然水到渠成。

清・石涛・山水册页

【团队·共赢】

什么叫团队？就是前面有人拉着你，后面有人推着你，累了有人抬着你，后退有人拽着你。

孤零零的一滴水，一阵风可以把它吹干，一撮土可以把它吸干，而这滴水融入了江河，就成了江河的一分子，它就不会很快干涸。小小的水滴，在融入江河的过程中，找到了适合自己的位置，感受到了来自江河的温暖与力量。

一个人再有能力也干不过一群人，说明团队很重要。个体再优秀，失去了组织与集体，他的生命力就不会长久。人在一起是集体，心在一起是团队。当团队要超越一个目标时，我们需要的不是狮子一样的英雄，而是像蚂蚁一样的团队。可见，团队力量的获得与体积和勇猛无关，与团结有关。个人没目标会懒，团队没目标会散。个人的价值，只有到了集体的环境里，才能充分显示出来。想想是谁成就了今天的你？团队给了你工作，工作给了你机会，同事给了你配合，对手让你看到了距离，批评者让你趋向完美。

寻找优秀的团队比高薪的工作岗位更重要。为什么有的应届毕业生宁愿不拿工资去世界五百强实习，为什么千军万马挤独木桥也要报考公务员？因为他们相信在这样的团队里，可以学到更新更前沿的知识，这样的团队，能给他们更多的培训机会和更好的福利保障。在这样的团队里，他们可以更快地成长。站在巨人的肩膀上，即使成不了巨人，也会比别人高很多。

不论你有多么的成功，请将你所有的收获与荣耀归功于你的团队，团队靠前，自我退后，把个人融入团队，服从总体安排，让自己的能力在团队的环境中放大。当团队的运营出现问题时，你要把这当作脱颖而出的机会。哪个团队都有优点，同时哪个团队也都有问题，指责和抱怨团队是没有意义的，也是短视的，这只会招致你在团队中的被动。拿团队的问题说事，说多了就是在说自己无能，在自己打自己耳光，同时也是在放弃新的机会。

团队好比一根链条，总是推诿的人犹如链条中的沙子，会让其他人感觉特别别扭，并且会让人加深对你所犯错误的印象。在失败面前，在错误面前，每个人都知道最不好的做法就是推诿，而推诿在团队中是无效的。谁都想自己的团队强大而优秀，这个的前提就是团队中的每个成员都要让自己变得更优秀，都要遵守团队的纪律，只有这样，才能保证团队更有战斗力。团队中每个成员的短板都是团队的短板，把短板补齐了，团队才是真正的进步了。

主动的人是最聪明的人，是团队中最好的伙伴，是人人都想要的朋友。永远要记住，主动精神是你最好的老师。在困难的时候能够帮助你的，是主动而不是运气。个人最突出的潜质就是让周围的人变得更好，个体最出色的能力就是让所处的团队实现共赢，与团队的成员保持合作，始终跟着团队一起成长，这样的人，一定是笑到最后的人。

【诱惑·陷阱】

人生在世，要经受太多的诱惑，金钱、美色、名利、地位，这些你可以叫它诱惑，也可以冠之为目标。有诱惑的地方就有陷阱，为了诱惑，掉进井里的比比皆是。于污泥处不染泥，于诱惑处不动心，你才不会一次一次地掉进井里。

比如股市，就是这样一个充满诱惑的地方，进来的人都是受了诱惑的。进来的人，有的还没有出去，天天都在诱惑中，就已经不知道什么是诱惑了。所以有太多的人，天天在井里煎熬，而不寻找出路。准备进来而没有进来的，都是被那些股市暴富神话所诱惑的，这样的神话，这样的股神，每隔一段时间就会冒出来一个。彩票也是一样，一个又一个的大奖，把在门外看的人诱惑进来，给在井里煎熬的人，继续煎熬的理由。这就是诱惑的魔力。

人在春风得意时最容易受诱惑，一个人春风得意时，不知道自己姓什么了，只有在失意的时候，才会明白很多；人在赚钱容易时最糊涂，一个人赚钱容易时，忘记了付出，整天想着回报，不要相信天上掉馅饼的事。当你赚钱容易时，扪心自问这些钱，我是凭什么得到的，是不是符合道义；人在想占便宜时最容易掉进陷阱里，一个人在想占便宜的时候，不会有付出，只想着得到，会不择手段地去占他人的便宜，会被社会淘汰，会误入歧途。

猎人为了捕得猎物，在每个陷阱里面，都放有令你嘴馋的诱饵。你只有看透这所有的诱惑，才能于诱惑处不受诱惑，才能不掉到陷阱里。功名与桂冠更是一种诱惑，有的人十年寒窗挤独木桥，有的人不择手段打击异己，有的人出卖朋友众叛亲离，结果是掉进了功名的陷阱，荒芜了青春，赔得一塌糊涂。

为什么会反复地掉进相同的陷阱，犯类似的错误？究其根源，除了外界的影响，大多数的失败都与潜藏在我们自己身上的这些心理陷阱有关。

虚荣、傲慢、偏见、贪小便宜、急于求成，这些都是你的心理陷阱。如何避免心理陷阱才不至于在同一个地方摔倒两次？坦然地接受事实，承认并坦率地接受人性的弱点。没有人是完美无缺的，没有人是绝对理性的。在实践中不断地磨炼自己，提高自己内在的修养，炼就火眼金睛，看得准；炼就敏捷的身手，出手快。就像小李飞刀一样，一扔一个准。这样的人，你能把他诱入陷阱吗？你可知道，为了这样一个精绝的动作，他们曾不惜万千次地重复，一个又一个的诱饵，不但没有把他诱入陷阱，反而成了他的战利品。

【告密·底线】

说到告密与底线，首先要分清风闻言事与告密揭发的区别。一个是对事不对人，针对某个事件，拿某个人的例子做说明；一个是针对人说事，为了给某人戴帽，而给某件事情定性下结论。前者具有广泛性，可以警示大家，后者却相对狭隘，焦点集中于某个人。

告密与揭发，如果赋予时代的烙印，性质不一样，后果就完全不一样了。“文革”中，儿子举报老子，姑爷揭发舅爷，究竟害苦了多少人，谁也不知道。

有些底线是必须要坚守的，在原则那里，你失守得越多，人生就沦陷得越多。政治秩序要稳健，生活秩序要和畅，公民与公民之间要互相信任。告密之所以在道德上难以被人接受，是因为它使人与人之间失去信任；告密者之所以遭人唾弃和孤立，是因为他们使周围的人感到了不安全。一个被告密行为侵害过的群体，要重建成员间的信任是相当困难的。

风闻言事则不同，它保留了一种底线，那就是道德的底线、法律的底线。告密的行为被唾弃，告密的小人，人人喊打。他们出卖自己的良心，通过出卖别人的前程来追求自己的利益，既伤害了别人的感情，又失去了自己的道德底线。

可以忍受贫穷，但不能背叛人格；可以追求财富，但不能挥霍无度；可以发表歧见，但不能拨弄是非；可以不做君子，但不能去做小人。守好自己的道德底线，就是要乐于享受有限的财富，做到知足常乐，人心不足蛇吞象，一个以牺牲自己人格换取物质的人，不论他拥有多少财富，处在多高的地位，都算不上是一个成功的人，因为他已经背离了做人的底线。

一种风气的形成，固然有其土壤，而让其消泯，更是难上加难。告密成风，不仅污染了社会风气，冲击了人们的价值判断，还毁掉了社会的道德底线，不仅遗害无穷，而且遗怨无终。

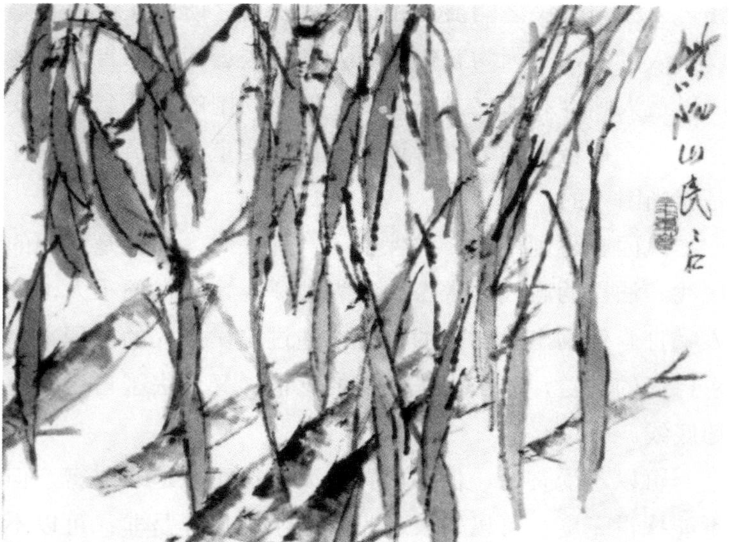

清·虚谷·花果动物册页

【观念·思维】

观念的新与旧，往往体现在能否接受新生事物上。观念从来没有改变事物的本质，但观念每时每刻都在影响人、改变人、塑造人。观念的新与旧，往往体现了民风习俗的进与退，在观念的变化中，可以看到社会的发展与变化。

送人金钱是下策，教人能力是中策，给人观念是上策。

看上去缺的是金钱，骨子里缺的是志气；表面上落后的是知识，本质上落后的是观念。摆不脱落后是观念落后，甩不掉贫穷是思想贫穷。

穷人与富人最大的差别，不是在于金钱上，而是在于思维上。穷人之所以穷，是因为他们没有重视学习和教育，忽视了新观念新思维在改变生活时发出的巨大的能量。说到底，他们不能让钱生子子生钱，他们只会抓紧手中的钱，一毛不拔，成为十足的守财奴。

在家里看到的永远是家，走出去看到的才是世界。把钱放在眼前，看到的永远是钱，把钱放在有用的地方，看到的才是金钱的世界。财富买不来好观念，好观念能换来亿万财富。

一件事如果是应付一下，很容易，应付完了之后不觉得是在浪费生命吗？也许你今天花了别人几倍的时间和精力去完成一个项目，但到最后你会发现，你的收获是最大的，你全面解决问题的能力是别人不可能得到的。你在上班的时候要记住，你不是为别人打工，你要告诉自己，通过于这件事我能学到什么东西，学到的东西是别人剥夺不走的。许多人不是没有好机会，而是没有好观念；不是接受不了新观念，而是不愿抛弃旧观念。

不断充电，创新思维，为前进注满强劲动力。如果说，学历是铜牌，那么，能力就是银牌；如果说，人脉是金牌，那么，思维就是真正的王牌。当你百倍努力没有出路的时候，不妨停下来换一种方式，也许会看到柳暗花明的曙光；当你前途迷茫不知所措的时候，不如放下来选择顺其自然，也许有意想不到的收获。

难能可贵的不是经验，而是思维；决定胜负的不是思维，而是观念。经验固然重要，但观念的正确与否要起决定作用。经验能做好现成的东西，观念则决定长远的方向。

别人不明白的时候你明白了，别人明白的时候你收获了，这就是超常的思维；别人犹豫的时候你行动了，别人行动的时候你成功了，这才是领先的观念。

【挚友·益友】

挚友是亲切的默契，益友是完美的深交。为你的难过而快乐的是敌人，为你的快乐而快乐的是朋友，为你的难过而难过的才是你的挚友。益友是那群明知道你傻，还跟着你犯傻的人。

两肋插刀讲义气，解囊相助有大气，富贵贫贱不嫌弃，这是挚友；穷困潦倒帮助你，情绪低落鼓励你，迷茫困惑点拨你，忘乎所以提醒你，这是益友；已经答应帮你，却没有卖力帮忙的是伪朋友。

朋友，不在数量，而在质量。不怕朋友没本事，就怕朋友不诚实；不怕朋友穷光蛋，就怕朋友下三滥；不怕朋友不上进，就怕朋友“倒栽葱”。

有这样一个人，即使远隔千里，数年没有联络，见面时仍然轻松自然，有说不完的话题；或者相邻而坐，各自忙着自己的活计，数小时只是嗯啊小语，仍然温暖充实；你可以低眉哀叹，可以恣意张狂，可以没有什么作为，可以不注重形象，可以有很多缺点，但这恰恰是你真心实意的好朋友。

朋友就是你中有我，我中有你，彼此欣赏，互相珍惜。奉承你的是麻药，吹捧你的是火药，批评你的是良药。真朋友经常提醒你，假朋友经常奉承你；真朋友以分享为快乐，假朋友以谋利为目的。不要吹嘘你有多少朋友，关键是在你困难时还有多少人认识你，你摔倒后还有多少人扶你起来。

不要为了经济富有的朋友疏远了精神富有的朋友，慢慢你会明白，经济上富裕的朋友可以带你吃喝玩乐，也可以带给你复杂纷乱的世俗烦恼；精神富有的朋友也许只能带你去田野里，去溪流畔，没有美酒佳肴，没有香槟、咖啡，没有舞池，可是他能陪你一起奔跑，一起笑得像傻子一样。

朋友，只要质量，不要数量。土豆拉一车，不如夜明珠一颗。天天在一起吃吃喝喝的，遇到麻烦不一定会帮你。真正的朋友，在你悲伤无助的时候，给你安慰与关怀；真正的朋友，在你失望彷徨的时候，给你信心与力量；真正的朋友，不一定常见面，但一定在你需要的时候，出现在你面前；真正的朋友，不一定常联系，但一定把你放在最温暖的地方。

交一个成功的朋友，是一种荣幸；交一个高尚的朋友，是一种幸运；交一个懂你的挚友，是一种福分；交一个有情义的益友，是一种福缘。

【嫉妒·羡慕】

嫉妒是一种心病，病根在自己心里。一旦发现别人的条件比自己好，心里就不舒服。在别人背后说东道西，好像把嫉妒的对象贬低，就是把自己抬高。

超越别人一点点，也许别人会嫉妒你；超越别人一大步，很多人会羡慕你。多一些羡慕，少一些嫉妒。多学习别人的优点，少掩饰自己的缺点。

别人毁谤你，是因为你优秀；别人利用你，说明你有价值；别人嫉妒你，说明你走在他前面；别人用言语打击你、恶意炒作你，说明你很有影响力。所以不要去羡慕，不要怕妒忌。从来没有嫉妒过他人的人，是缺乏上进心的人；从来没有被他人嫉妒过的人，是庸碌无能的人。

我们常常羡慕别人这样那样的好，而对自己的欠缺耿耿于怀。其实没有一个人的人生是完美无缺的，不要常去羡慕别人如何，仔细想想，你会发现自己所拥有的其实已经很多了，没有绝对完美的人生，珍惜已拥有的。

没有必要总是羡慕别人，更没有必要去嫉妒别人，让自己失去了美好的心情。与其羡慕别人，不如肯定自己。肤浅的羡慕，无聊的攀比，笨拙的效仿，只会让自己整天活在他人的影子里。说不定在你羡慕别人的同时，别人也正在羡慕你。羡慕别人是因为你追求完美，应该以积极的态度，通过观察别人的长处来修正自己的短处。与其仰望别人的幸福，不如注意别人经营幸福的方法；与其羡慕别人的好运气，不如借鉴别人努力的过程。

嫉妒是很多人都有的臭毛病，除了尖酸刻薄，还没发现嫉妒能够对身心带来怎样的好处，没必要仇视人家比你过得好。看到人家得好处，要欢喜；看到好人好事，要能感动。

嫉妒别人，说明自己无能；被别人嫉妒，说明自己卓越。即便有时候产生了嫉妒心理，你也可以尝试是否能将嫉妒的程度“降低”一些，转用羡慕的眼光来看待周围的人和事。让嫉妒在你心里的位置腾出了多少，谦虚在你心中的位置就宽广了多少。懂得了谦虚，就自然学会了谦让，你的内心就非常容易接纳别人，别人也会以真诚的态度接纳你。

嫉妒时常带有刺激的味道，容易诱发出攻击性，最终可能会伤人伤己。嫉妒对他人的影响也许不大，但对自己身心的伤害可能很深很深。不要嫉妒别人的成功，那是牺牲了安逸换来的；不要嫉妒别人的才华，那是一天天的积累换来的；不要嫉妒别人的成熟，那是经历与沧桑换来的。

羡慕让人学会以客观的态度学别人的优点，把妒忌变为羡慕，妒忌让人学会以不尊重的姿态对待别人的优点。用宽阔的胸怀接纳他人，这是一种气度，更是一种境界。

【智慧·聪明】

聪明的人，一味向前看；智慧的人，事事向后看；聪明的人，是战胜别人的人；智慧的人，是战胜自己的人。聪明是一种生存能力，而智慧是一种生存境界。在现实生活中，不愿意吃亏的是聪明人，而愿意“吃亏”的是智者。

聪明是战术，智慧是战略。聪明的人不一定有智慧，但智慧的人一定很聪明；聪明的人知道什么不能做，智慧的人懂得该怎么去做。聪明的人用大脑去思考，而智慧的人用心灵去感悟。聪明的人靠耳朵和眼睛去感知，所谓耳聪目明；智慧的人靠心灵和头脑去感悟，所谓慧由心生。

聪明人遇到问题总会抱怨，算计着要有一分收获才肯一分耕耘，没多少收获便不肯耕耘了。殊不知，很多事情前期是十分耕耘，三分收获，后期才是三分耕耘，十分收获。聪明人机会是很多的，可是往往定力不够，最后一个个栽倒在某个美丽的陷阱里。他们很容易自负、浮躁、急于求成，在变来变去中，连自己也搞不清是怎么回事了。

聪明人总爱把自己的闪光点亮出来，常常脱颖而出；而智慧者却善于发现他人的闪光点，时时替人喝彩。一个美丽的女人炫耀自己的美丽时，就开始变得丑陋；一个聪明的人开始炫耀自己的聪明时，就开始变得愚蠢了；一个有才华的人，当炫耀自己有才华时，就开始变得一文不值。

聪明就像是内衣，你得穿上，这很重要，但你炫耀，就没必要。人不怕不聪明，就怕太聪明，机敏过了头，就成了圆滑；施舍过了头，就成了乞丐；贪婪过了头，就成了腐败。智慧的人尊重别人，就是对自己的爱；愚蠢的人伤害别人，就等于伤害自己。

聪明的人注重的是细节，智慧的人注重的是整体；聪明的人善于运用，智慧的人善于发现。聪明多数得于遗传，而智慧更多地靠修炼；聪明的人只能保全眼前的利益，而智者更能发掘长远的利益。

聪明的人可以把别人脑袋里的东西变成自己脑袋里的东西。智慧的人可以把自己脑袋里的东西灌输在别人的脑袋里。聪明的人生活如鱼得水，自得其乐，无忧无虑，而智慧的人生活辉煌灿烂，风光无限。聪明能带来财富和权利，智慧能带来快乐。聪明人喜欢处处胜强，超人一筹；而智者则喜欢更多示弱，含而不露。因为他知道示弱不仅是一种智慧，亦是一种力量。

聪明本不是坏东西，但它可能坏事，它只是初步的，必须通过实践去把聪明转变成智慧，因为智慧而促进实践，在智慧的基础上行动，才能够事半功倍。转变的前提是，你必须身体力行。聪明不是错，更不是罪，关键是要智慧地利用好自己的聪明，这样，才能为自己的人生锦上添花，而不会让它成为美丽的包袱。

为政篇

为官要捧着乌纱帽为民干事，而不能捂着乌纱帽为己谋私。

【从政·宗旨】

从政的宗旨是造福人民，心无百姓莫为官。为官要心里装着群众，真心实意为群众做好事、办实事、解难事。百姓对美好生活的向往，是从政者孜孜追求的目标。

为官要有执政为民的根本宗旨、公而忘私的奉献精神。要把群众满不满意作为衡量为官的试金石。好官为百姓，百姓爱好官，一切从人民群众的根本利益出发，竭尽全力为百姓谋福祉，才是老百姓心目中的好官。

为官者，吃百姓饭，穿百姓衣，别说百姓可欺，自己也是百姓。把自己的职务记得请清楚楚，把人民的利益忘得干干净净，这样的干部只能威风一时，不能为民一世；只有始终把群众利益摆在高于一切、重于一切、大于一切的位置，才能得到人民群众的拥护和支持。只有顺民意、得民心、为民谋利，才能永远立于不败之地。

为官要捧着乌纱帽为民干事，而不能捂着乌纱帽为己谋私。一诺千金，是为官为民的良方。承诺，让百姓有盼头；守诺，让百姓有甜头。

从政的宗旨就是为民，把群众视为自己的亲人，把立党为公、执政为民作为自己的高尚情怀，把心系群众、服务群众作为自己的崇高职责，把无私奉献、造福于民看成自己的无比幸福。所以幸福自己，快乐别人，必须体现在为群众竭心尽力创造幸福之中。

为官者要秉记一心一意为民的宗旨，急群众之所急，想群众之所想，倾听群众呼声，关心群众疾苦，时刻把群众的冷暖安危挂在心上，做到权为民所用，情为民所系，利为民所谋，实现顺应民意、凝聚民智、加快民富、改善民生的目标。

明・沈周・山水册页

【从政·信仰】

从政者，必须要有政治信仰。信仰是一面旗帜，引领前进的方向，目标明确；信仰是一种境界，让人心生浩然正气，不惧邪恶；信仰更是一种原动力，让人信心百倍，斗志昂扬。而当信仰沦为利益交换的借口时，人就会走向堕落。

人为什么要有信仰？有了信仰就有了人生价值观，就会因为自己的信仰而相信自己。人的生命只有一次，还有什么比生死抉择更大的考验？为什么先烈们能够视死如归，义无反顾？因为他们是顶天立地的人，信仰就是引领他们前进的天，人民就是支撑他们奋斗的地。在世界上，还有什么比顶天立地的人更有力量呢？

信仰是什么？信仰是开在墙角的一朵花，虽不显眼，但弥漫的芳香却能沁人心脾；信仰是行驶在海洋上的一挂帆，虽然渺小，却能乘长风破万里浪；信仰是燃烧在黑暗中的一根蜡烛，虽然微弱，却能驱散夜的阴霾。

选择信仰很难，坚守信仰更艰难。在坚守信仰的路上，铺满了荆棘，更有可能付出鲜血和生命的代价。一个信仰坚定的共产主义领导干部，必定能够两袖清风、一尘不染；一个坚定中国特色社会主义道路的领导干部，必定能够在实现中国梦的征途上摇旗呐喊、奋勇争先。

从政者的首要素质是要有一个坚定的信仰。有了信仰，就有了恒久不变的执着和无法抗拒的力量。从政者信仰缺失，早晚会偏离方向，淘汰出局。因为没有信仰，就没有党性原则，就会误入歧途；没有纪律约束，就没有敬畏之心，就会目空一切，为所欲为，在物欲横流的社会里，推波助澜，后患无穷。那些深陷牢狱的贪官，一说起自己的犯罪根源，无一不是从政治信仰的丧失开始的。

人，一定要找出活着的意义来。内心的信仰，会左右你的现实生活，控制着你的表现行为，同时又间接地塑造你的人格。每个从政者都要树立坚定的政治信仰，做到吃苦在前，享乐在后，在工作中追求高标准，在生活中保持真本色，只有这样，才能实现权为民所用、利为民所谋的政治信仰。

明 · 朱耷 · 花卉册页

【从政·信念】

坚定理想信念是从政者安身立命的根本。对马克思主义的信仰、对社会主义的信念、对党的政治灵魂的忠诚，是从政者经受住任何考验的根本保证。

从政者要彻底摒除“官本位”的旧思想理念，让自己彻底地从官阶的神坛上走下来，从神秘的“官环”中走出来，从高高的庙堂上走下来，走到人民群众中去，把自己当作人民群众中的一员，与人民群众打成一片，树立做官为民的从政信念。

信念决定态度，态度决定行为，行为决定结果。要想结果变得好，你必须选择崇高的信念并持之以恒。坚定信念，是一种精神，是一种奉献，是一种力量。因为有信念才有责任感，因为有信念才有紧迫感，因为有信念才有使命感。如果信念上不坚定、政治上不合格、作风上不过硬，能耐再大，也不是人民需要的好干部。

理想信念是从政者精神上的支柱，没有理想信念，精神就会垮塌。有了坚定的理想信念，就能炼就金刚不坏之身，就能在大是大非面前旗帜鲜明，在风浪考验面前无所畏惧，在各种诱惑面前立场坚定，在关键时刻能够不畏艰险、迎难而上。

要坚定理想信念，就要注重加强世界观的改造，心中装着人民群众，牢固树立公仆情怀和宗旨意识，始终保持政治上的清醒和坚定。

为政者只要坚守从政信念、遵循从政规律、把握从政艺术，其从政实践活动，将从经验到科学，从科学到艺术，得心应手，游刃有余，从而演绎出各自精彩的“政治人生”。

信念是安身立命的“压舱石”。没有信念就没有精神，没有信仰就没有力量。信念好比人体的钙，缺钙就会得“软骨病”，站不稳、立不住、走不动。对自己心中的信念，要虔诚、执着、坚定，让信念成为自己始终不变的人生追求。

从政者要以理想信念为基石，持之以恒，锲而不舍，任劳任怨，无私奉献。把心中有党、对党忠诚内化于心，把听党话、跟党走外化于行，把“五有”干部的标准变成自己的标志。

清·吴昌硕·花卉册页

【从政·境界】

当官不是为了发财，想发财就不要当官。事业是短暂的，名利是暂时的，只有美德是永恒的。从政的境界表现在脚踏实地的工作和对人民群众的感情上，表现在心胸宽广和淡泊名利上，表现在公正用权和为民谋利上。

从政者要有淡中知味的境界，淡化等级观念，同群众打成一片，拉近与人民群众的距离。要在拥有进取心的同时也拥有一份平常心，看淡名利，看淡自我。不要把太多心思花在取悦和攀附别人上。所谓的人脉、圈子、资源，都是衍生品，最重要的是专注于自己，提升自己内心的境界。从政者要视人民的利益高于一切，造福百姓重于一切，实现人民愿望先于一切，才能获得无穷的心灵幸福和快乐的精神境界。

从政的境界是，坚持党的原则第一、党的事业第一、人民利益第一。把名利和享受看淡一些，把事业和责任看重一些；把权力和位置看低一些，把理想和追求看高一些。遇到喜事不失态，遇到挫折不沮丧，遇到委屈不动怒，做到得意时淡然，失意时安然，忍受时超然。

从政者要有静能生悟的境界，静心可以聚精会神，静心可以深入思考，静心可以深谋远虑，静心可以有所领悟。

从政者要有藏露有度的境界。锋芒内藏，神气内敛，要靠修养、见识和对社会与人生的深刻体会去把握。深藏不露、城府过深的人让人觉得难打交道，锋芒毕露、狂妄自大的人又让人觉得反感乏味。

从政者的最高境界是百姓心中有你，挺你。从政要不断追求更高的思想境界，这是做人为官的必修课。要追求不为出名挂号所累，不为急功近利所动的淡泊，淡泊才能明志；要追求问责面前不回避、危难关头不退缩的担当，担当才能奋进；要追求静以修身，俭以养德的清正，清正才能无愧。始终怀着一颗情系群众的公仆心、一颗奋发有为的进取心、一颗宠辱不惊的平常心。

常思为人之道，做一个境界高远、情趣高雅、品德高尚的人；常修为政之德，做一任为民奉身、务实奉献、廉洁奉公的好官。

清・虚谷・山水册页

【为官·担当】

敢于担当是为官者的政治品质。发展进步需要有担当精神的创业勇士，深化改革呼唤有担当勇气的时代先锋。

担当意味着付出和奉献，要以百姓之心为心，以百姓之利为利，解决好“当官为什么，做官干什么，身后留什么”的问题；要从政为民、为民尽心，做到受领任务不谈条件，交代工作不讲价钱，完成任务不打折扣；要始终发挥党员干部的引领示范作用，树立忠诚、干净、有担当的良好形象。

担当，就是承担并负起责任，在职责和角色需要的时候，毫不犹豫、责无旁贷地挺身而出，全力履行自己的义务。担当，重在负责，勇在克难，贵在担险。要有踏石留印、抓铁有痕的气魄。没有敢于担当的双肩是扛不住风暴的，面对大是大非要敢于亮剑，面对矛盾难题要敢于迎难而上，面对危险危机要敢于挺身而出，面对失误差错要敢于承担责任，面对歪风邪气要敢于坚决斗争。

担当不是一句口号，而是发自内心的行动。你是领队就要心甘情愿为一个团队担当。你是企业家就要勇而无畏为一个企业担当。你是市长就要心系百姓为一个城市担当。担当不是用两个肩膀扛，而是用自己的信仰与生命去坚守。

为官者的担当是一种高尚的道德品质，一种崇高的精神境界，一种催人奋进的力量，一种不辱使命的气概。敢于担当是为官者的一种高尚的政治品格，一种必备的履职能力，一种过硬的工作作风，一种良好的精神状态。

权力不是光环，而是一种责任。要想着担责，不能只想着揽权；要想着出力，不能只想着出彩；要想着为民，不能只想着谋利。有一份责任，就有十分担当，不求官有多大，但求无愧于民。

为官者要做到守土有责，勇于负责，敢于担责，平时能看得出来，关键时候能站得出来，危机关头能豁得出去。把岗位当责任，把事业当泰山，视人民为父母，视服务为宗旨。真正做到为官一任，造福一方。

为官者要敢于担当，面对工作敢说“跟我来”，面对纪律敢讲“跟我学”，面对危机敢喊“跟我上”，有身先士卒的勇气，有向我看齐的锐气，有走在前列的正气，有以上率下的底气，树立起有形的价值观，释放出鲜活的正能量。

【为官·做人】

做好官必须先做好人。做人不可一生无为，为官不可一日无德，立身不忘做人之本，为政不忘公仆之心，用权不谋一己之私。

为官者要以高尚的人格做基础，否则就容易摔跤碰壁。为了追名逐利，不惜趋炎附势，请客送礼，四处钻营，不要人格和尊严；为了飞黄腾达，不择手段，尔虞我诈，欺上瞒下，弄虚作假。如此为官，只会身败名裂，让人耻笑。

为官做人要坚守底线，不能突破底线。一旦突破底线，就会像大厦失去了支柱，大坝动摇了根基一样，必然带来生活上的腐化、道德上的堕落、行为上的失范。

政治底线，用忠诚守卫；思想底线，用信念守卫；道德底线，用良心守卫；生活底线，用健康守卫；法纪底线，用荣誉守卫。

做官的学问其实就是做人的学问。所以说做官与做人在形式上是统一的，做官要先学会做人。做人是做官的前提和基础。

为官，只是一时一地，做人才是一生一世，瞬间形象与长久魅力不可同日而语。为官想不朽，拿官腔，摆官架，耍威风，镇住百姓，那完全靠不住，过眼云烟而已。真正不朽的，是人格魅力，是一世功德，是百姓和历史长久的不尽思念。有了人格魅力，为官者方才有长久的历史生命力。

为官者必须具备做官的正气、做人的底气、做事的硬气，还必须具备执政为民的政治理念，海纳百川的宽广胸怀，诚实守信的个人修养，大公无私的高尚品德，刚正不阿的人格魅力。

提倡领导干部先做人后做官，为官者做人做事如何，会直接影响民心民风。手握权柄，必须保持全心全意为人民服务的本色，用党性原则和道德法纪来约束自己，始终做到秉公用权。领导干部具备优良的人品官德，能带动社会风气持续向好。

在实践中，把做人与为官统一起来，把做事的过程，作为完善自我人格、夯实从政基石的过程；把为官的过程，作为提升政绩境界、践行为民宗旨的过程。

做人，重品德，讲诚信，踏踏实实；为官，谋事业，讲真话，堂堂正正；干事，尽心力，讲原则，兢兢业业。做好官，必须先做好人。不做不求有功但求无过的太平官，不做在其位不谋其政的糊涂官，不做职务与素质不相适应的低能官，要做一个政治上靠得住、工作上有本事、作风上过得硬，人民群众信得过的好官。

【为官·用人】

识人是一种能力，用人是一种智慧。好人没能力会影响工作质量，坏人有能力会影响事业形象；用好一个人激励一大片，用错一个人挫伤众人心。

为官用人，最重要的是要善于发现、发掘、发挥属下的一技之长。用人不当，事倍功半；用人得当，事半功倍。

千秋大业在于选人，事业成败在于用人。想干事的领导，一定会用能干事的人，用好作风选作风好的人。德才兼备，破格重用；有德无才，培养使用；有才无德，限制使用；无才无德，坚决不用。

使用干部要让政策法规说了算，个人的实绩说了算，群众的公认说了算。

把政治上靠得住、工作上有本事的干部选出来，把溜须拍马、指鹿为马的干部撤下去；把不图虚名、踏实干事的干部用起来，把无所作为、好大喜功的干部淘汰掉。给猴子一棵树，给老虎一座山，多大的脚就穿多大的鞋，不会吹笙就不能滥竽充数。

人才要充分信任，放手使用，还要爱护培养。要把只会单枪匹马练成指挥千军万马，要把只知埋头苦干变成运筹帷幄、决胜千里，只有江山代有人才出，才能独领风骚数百年。

【从政·用权】

从政者要心中高悬法律明镜，手中紧握用权尺戒，脑中常思利己之害，时刻告诫自己，用权做什么，为官干什么。要牢牢记住“官”是为人民服务的岗位，“权”是为人民谋利的工具。在用权上要有如履薄冰、如临深渊的审慎态度，手中握有的权力越大，越要头脑清醒，用权时越要谨慎。

权力是把“双刃剑”，倘若行使得好，就可以凝心聚力，为民谋福祉，开万世之太平；行使得不好，则可能腐败横行，乱象丛生，动摇国之根本。权力可以催人奋进，也可以诱人堕落；权力可以让人自律，也可以令人放纵；权力可以激人建功，也可以使人犯罪。

秉公用权，可以造福人民；以权谋私，就会祸害人民。从政者要摆正位置，做到当决策者，不搞个人武断；当“一把手”，不搞一手把持；当“班长”，不当家长。如果在权力观上出现偏差，把权力当作个人或小团体谋取私利的工具，就必然在行使权力的过程中出现滥用，滑向腐败的深渊。

面子再大，大不过党性原则；感情再铁，铁不过规章制度；后台再硬，硬不过党纪国法。多一份敬畏，就多一份安全；多一点克制，就多一些踏实；多一些自律，就多一道防线。

权力是党和人民赋予的，权力只能姓“公”，才能真正代表党和人民的意志，履行服务人民群众的职能职责。

权力姓“公”，这是对每一个党员领导干部的基本要求，也是基本考验。

权力到手了还不见得能用好，你还要有能耐把握它。越是不起眼的环节，绊翻你的可能性就越大。当权力为最广大民众的利益所用，她就像天使般可爱；当权力为个别人或少数利益集团谋利，她则如魔鬼般可怕。当权力成为为民谋利的责任之时，你就稳如泰山；当权力成为为己谋私的工具之时，一切都晚了。

公正用权，必须树立权力就是服务的理念，忧群众之所虑，急群众之所难，谋群众之所求。

权力不是用来欣赏的，不是用来炫耀的，人民的权力必须为人民谋取利益。对待权力，要在追求事业成功上用“加法”，在为民服务上用“乘法”，在谋求个人利益上用“减法”，在权钱、权色交易上用“除法”，这样才能保证权力能够用得好，用到该用的地方。

如果权力没有为群众谋福利，而是用来为个人谋私利，不是用来担重任，而是用来保官帽，人民就有权收回给你的权力，让贪赃枉法者受到惩处，让碌碌无为者一边稍息。从政有风险，用权需谨慎，让人民监督权力，让权力在阳光下运行。

【从政·政绩】

怎样看待政绩，秉持什么样的政绩观，这是衡量从政者能否正确对待群众、正确对待组织、正确对待自己的试金石。政绩观是从政者对如何履行职责、追求何种政绩的根本认识和态度，是从政者人生观、价值观和世界观的重要体现。

为官的政绩就是要做暖人心、得人心、稳人心的事，就是要解决群众最关心、百姓最关切的问题。

衡量为官者的政绩，要看是否营造出一种好的风气，是否培养出一批好的干部，是否能得到人民群众的认可。多做一些对群众有益有利的事，多做一些打基础、管长远的事，让老百姓享受到发展带来的成果，这就是政绩。

为官一任，有没有政绩，是不是好官，关键要看他在任期间所做的是出于公心还是私利，是不是能惠及百姓、造福社会。

作为一任领导干部，就应把群众满意不满意、拥护不拥护、答应不答应当作衡量政绩的标准。要在困难面前不退缩，问题面前不敷衍，挫折面前不灰心，成绩面前不自傲；要以一团火的精神干事业，以一杆旗的形象做表率，以一盘棋的思想抓工作，以一股绳的干劲谋发展；要脚踏实地，埋头苦干，始终从群众最关心的、最迫切希望解决的事情做起，抓那些影响深远的基础性工作，解决现实中存在的紧迫问题：这样才能干出实实在在的政绩，得到群众的认可。

从政者若是要为自己留名，替自己立碑，给自己邀功，就是人生观、价值观、政绩观的扭曲，是私欲膨胀的表现。

决不能为树立个人形象搞华而不实、劳民伤财的形象工程、政绩工程。如果把工作仅仅是谋划在文件上，布置在会议上，落实在口头上，效果在媒体上，经验在通报上，就容易走进形式主义的误区。

抓工作，归根结底是要落实在行动上。不要做不求有功、但求无过，有心做官、无心做事，有心揽权、无心担责，有心作秀、无心问效的庸官。要做把心思用在服务百姓上、把精力用在解决问题上、把智慧用在谋求实效上的好官。

要有功成不必在我的境界，甘做铺垫工作，不贪一时之功，不图一时之名，以群众的满不满意为尺度，以人民有幸福感为政绩，始终把百姓的利益放在最高位置。

政绩最终都要用实践、人民和历史这三把尺子加以检验。人民群众是一面镜子，能够照出人间的善与恶、美与丑；人民群众是一把标尺，可以衡量出工作的成与败、得与失。只有经历了历史的检验、为老百姓所公认、为广大人民群众真心拥护的政绩才是真正的政绩。

【为官·公正】

胸有正气，脚下走的是正路；办事公正，为人体现的是正派：这就是从政者的行为准则。

公道正派是为官者人格情操的一种境界，是做人的第一修养，是做事的第一准则，是为官的第一信条。说话一个调，用人一把尺，评选一杆秤，让事实说了算，让群众说了算。

为官公正，要做到行为公正，立身公正，处事公正。做人“正”是做官“正”的基础，对己清正、对人公正，对内严格、对外平等，为官者要以民为本，视民心为根，心里装着群众，凡事想着群众，工作依靠群众，一切为了群众，就会保持平常心境，淡泊情怀，想问题、办事情就能够秉持公正，真正做到以德服人、以正服人。

为官公正，要有好的机制做导向，好的制度作保证，好的环境做支撑。上级给下级最好的礼物是公道正派，下级给上级最好的回馈是一丝不苟，用人公正可以使人眼中流泪，用人不公可以使人心中流血。为官者要心怀大局、心底无私，才能真正做到风清气正。买官有市场是有人卖官，跑官有成效是有人给官。花钱买官，求情要官，平庸混官，不如靠素质立身，凭政绩进步。

领导的作风往往就是官场的气候、土壤和环境，有什么样的领导，就培养出什么样的下属；有什么样的下属，又会烘托出什么样的领导。在不良风气和政治生态之下，不“搭天线”，可能就进不了圈子；不跑不送，可能原地不动；不请吃请喝，可能丢掉选票；不讨好讨巧，可能干了也白干。这样的日子，对多数干部而言，就是难受、难耐、难熬。领导干部只有捧着一颗“真心”来，不带半根“杂草”去，才能营造风清气正的官场环境，才能以优良的党风带动社会民风的好转。

公道服人心，公道聚人才，公道兴事业。为政用权，应谨记一个“公”字，坚守一个“廉”字，做到公私分明、公权为民。领导能否带出好风气，说到底是一个党性问题。党性强则形象好，党性纯则风气正。好的社会风气就是从政为官的风向标，它关乎社会公平正义，关乎国家的长治久安，关乎民族的兴盛衰亡。

清・虚谷・山水册页

【从政·思维】

从政者要立足新常态，创造新思维，破解新难题，促进新发展。

从政要有辩证思维，要用联系的观点看问题，要善于在面对危机时把握机遇，化压力为动力；要在攻坚克难中浴火重生，变考验为经验；要在解决矛盾中脱胎换骨，变困境为佳境。

从政者要善于转变思维。从顺向思维向逆向思维转变，多向思索求异；从封闭思维向开放思维转变，多维思索求活；从现状思维向超前思维转变，超前思索求新；从单一思维向系统思维转变，全面思索求稳。

从政者要用发展的观点抓工作，善于“正反”看，用矛盾的观点看问题。善于“左右”看，用联系的观点看问题。善于“前后”看，用发展的观点看问题。善于“上下”看，用全局的观点看问题。眼中看到事物的“形”，脑海酝酿发展的“势”，不固步于眼前而看不到长远，不能握着芝麻当西瓜；不局限于一域而看不到全局，不能让小石头阻挡大步伐。

从政要有创新思维，要敢于从不合时宜的体制中解放出来，让发展在新思路上开辟新道；要善于从习以为常的惯性中解放出来，让工作在新举措上加速前进。不能因循守旧，把明天变成昨天；不能照抄照搬，把自己变成别人；不能简单模仿，用制造代替创造。

从政者要具备理性思维，它是领导能力的基础，是领导艺术的灵魂，是衡量从政者能力素质强弱的核心要素。从政者要在认识和处理问题时多点客观性，少点主观性，多点全面性，少点片面性，多点深刻性，少点表面性，从而增强工作的原则性、系统性、预见性和创造性。

从政者要学会用敏锐的政治眼光观察问题，用清晰的政治头脑思考问题，用科学的思维方式分析问题，用高度的政治意识处理问题，用超常的措施办法解决问题。遇事多想政治要求，谋事多想政治影响，办事多想政治后果。

明・文征明・花卉册页

【从政·能力】

能力是一个人综合素质的体现。不会思考，眼睛睁得再大也无用；不会谋划，表态再坚决也不行。为官者，职务有大有小，而所有的大领导都是由小领导千锤百炼而成的，但不是所有担任过小领导的人，都有承担更高职位的能力。

我凭什么当领导？我比前任强在哪里？我要给后任留点什么？要想成为一名受部属尊重和爱戴的领导，就必须学会正确的领导方法。十个手指弹钢琴，十个手指有长短，要有分工，有合作，有协调，这是当领导必须具备的基本能力。

为官者要有把握全局的能力。如果你连管理部门的整体局面都无法掌控，自然你也就不具备当好领导的基本素质了。

为官者要有民主决策的能力。有民主决策能力远比有民主决策意识更加重要，只有真正能够做到民主决策，而不是仅仅把民主挂在口头上，才具备当领导的基本条件。

为官者要有强有力的执行力。好的领导会把集体的奋斗目标内化为自己的目标，分解为团队的每一个人看得见摸得着的目标，激励每一个下属为了这个目标而不断努力奋斗，把执行力融入每一个下属的自觉性工作之中。

为官者的内心一定要足够强大。要有肚量去忍受那些自己无法改变的事情，有毅力去改变自己可以改变的事情，有能力去发现身边若隐若现的机会，有智慧去辨别和抓住稍纵即逝的机遇，有勇气去承认和面对自己做错的事情，有胆量接受下属尖锐的批评意见，并且，能够变成自我完善的动力，不断修正自己的综合素质。

孤独为官也是从政者的一种能力。要有“众人皆醉我独醒”的定力。不嫉妒他人攀升高位、手握重权，不羡慕他人沉迷浮华、享受奢华，不苟同他人游走觥筹交错、灯红酒绿。常思“补”自身任职需要的岗位能力，“补”处事需要的经验方法，“补”做人需要的积极心态。

为官者要有身段柔软的能力。领导技巧其实就是有原则地不断妥协，无论是来自上层领导的批评，还是来自社会各界的压力，遇到问题决不是采取针尖对麦芒的方法硬碰硬，而是以柔克刚，用灵活的策略避免问题的激化。

高明的领导不是事必躬亲，而是运筹帷幄、决胜千里。筹划工作是“盲人吹笛子，忙在点子上”，不是“拿了秤杆忘了砣，分不出轻重”；推动工作是“鼻梁上架望远镜，眼光看得远”，而不是“火烧眉毛，只顾眼前”；落实工作是“瘸子行夜路，步步为营”，而不是“脸上写字，只做表面文章”。

【为政·成事】

成就事业是为官者的价值追求。为官者，想干事是德，会干事是能，干成事是绩，实诚是基础，实干是保障，实力是条件，实效是最终标准。做想做的事是一种幸运，做成想做的事才是最大的幸事。

为官者，要树立思想上想干事、能力上会干事、效能上干成事的观念，站在更高一级看问题，把可能遇到的困难设想艰巨一些，把各种出现的情况预想复杂一些，把每个细节想得更周全一些，把每个解决的方案想得更具体一些。会干工作的人，时刻都是手上抓一个问题，脑中想一个问题，眼中盯一个问题。

为政在于成事，成事之要在于行，行的方向要正，行的效率要高，行的作风要实。成事要实，行事更要实。行事不是广告栏上的宣传标语，也不是发言稿上的豪言壮语，更不是为官者吹嘘政绩的工具，而应是为百姓办实事具体的实践、真实的行动。

用力工作只能及格，用脑工作可以良好，用心工作才会出色。成事在于“思”，一次深思熟虑，胜过百次草率的行动。穿着“冲动”的鞋子，永远走不上成功的大道；戴着“鲁莽”的帽子，永远看不到胜利的曙光。

成事在于“行”，一百次的表态抵不上一次实干，十次的交代不如一次紧盯，多次的批示不如一次问责。简单的事情要认真做，认真的事情要重复做，重复的事情要创新做。

成事之要在于“勤”，勤奋面前，再艰巨的任务都可以完成，再坚定的山也会被移走，凡事只有踏实勤劳，才能获得真正的成功。

成事在于“志”，要有远大的志向，鸟不展翅难高飞，人无志向会迷途。要有坚韧的意志，不经霜打的柿子不甜，不经霜雪的梅花不香。

为政者要成事，需勤于“做事”，力戒“作势”。“做事”者，脚踏实地，真抓实干，关注的不是上级注不注意，而是群众满不满意，时刻把群众满意度作为检验工作成效的试金石。“作势”者，作风漂浮，只图虚名，热衷于表面的轰轰烈烈，心中只有个人私利，全然没有群众利益。“做事”者可敬，“作势”者可鄙。

清・石涛・山水册页

【为官·说话】

为官者，要增强话语的方向性、吸引力、号召力，这样的讲话才能发挥积极的作用，才能达到最终的目的。

说话的方向不对，就像迎着大风讲话一样，唾沫往往会飞向自己。为官者职务越高，讲话的分量就越重，承担的责任也越大。有时候，一句话决定了别人的命运；有时候，一句话也决定了自己的命运。

为官说话，主要在敢吐真言，要敢说；关键在语言技巧，要会说；核心在自我修养，要愿说。要以诚相见，尊重对方，避免说常说的老话、正确的废话、漂亮的空话、严谨的套话、违心的假话。

干实事是能力，说真话是品行。为官者要设身处地讲知心话，融入真情讲动心话，紧跟时代讲切合实际的话。

说话是为官者自身能力与智慧的体现。把好事和好话说好，把不好的事和不好的话好好说。与新社会群体说话，要能说上去；与困难群众说话，要能说下去；与青年学生说话，要能说进去；与老同志说话，要能不被顶回去。

为官者，应该把学会说话作为一种基本技能，在面对上下级，面对群众和媒体记者时，话语不妨多些“白描式”，努力讲自己的话，讲听众喜闻乐见、能解决实际问题的话。

为官者说话要急事慢慢说，大事想清楚再说，小事幽默地说，没把握的事小心地说，做不到的事不乱说，伤人的话坚决不说，没有发生的事决不胡说，别人的事谨慎地说，自己的事怎么想就怎么说，现在的事做了再说。

有水平的讲话不一定长，长的讲话不一定有水平，要说精炼的实话，不说漂亮的空话、挑不出毛病却毫无意义的废话。说真话，不说严谨的套话，言简意赅，短小精悍；说实话，不说正确的大话，情真意切，感动人心；说自己的话，不用讲稿的话，让人思考，与人共鸣。

为官者要带头深入实际，深入基层，调查研究，这样才能讲出群众喜欢、能解决实际问题的话；要带头读书，多读书，多思考，这样才能讲出有理论深度、有政策水平、有胸怀境界的话；要做好会前功课，精心准备，认真筹划“如何讲话”“重点讲什么话”等，这样才能讲出言简意赅、言之有物、富有新意、富有感染力的话。

【为官·欲望】

贪欲是痛苦的开始，贪腐是为官的天敌。好人与坏人在一线之间，贪官和清官在一念之差。

思想可以自由驰骋，行为不可以随心所欲，思想的放松会带来行为的放纵。什么地方都敢去，什么朋友都敢交，什么坏事都敢做，结果是得不偿失，悔恨终身。用欲望做的酒杯，永远盛不到人生的美酒。

吹捧是迷魂药，令人智昏，迷失方向；贪欲是麻醉药，令人胆大，越陷越深。

在复杂的形势面前，信念不能动摇；在腐朽的文化侵蚀面前，思想不能蜕变；在各种诱惑考验面前，行为不能失范。一针不缝，十针难补，小孔不补，大孔叫苦。

管住自己的欲望，对为官者尤为重要，一定要“去声色、禁嗜欲”，不然，欲望就会牵着自己的鼻子走，最终演变成贪欲、纵欲，沉沦在欲望的深渊中。一定要“慎初、慎微”，不然就会沿着“一次没关系”这条路，走进“一失足成千古恨”这间屋。

金钱不是从政的价值坐标，名利不是做人的最高标尺，为官者要始终把为人民服务摆在最高位置。为官者最富有的资源，无关金钱与权力，而是冰壶玉尺的人格；为官者最器重的名片，无关职级与地位，而是浩然一身的正气。贪廉一念间，荣耻两世界，学会管理欲望，不仅是一项极为重要的个人品质，更是为官从政必须涵养的能力。

人心高过天，做了皇帝想成仙。为官贪腐都是从欲望开始的，欲望越高，身心越累。没有清心寡欲常走过的“心路”，怎能不长出欲望的“杂草”。苍蝇不叮无缝蛋，糖弹常打私心人。只要淡泊名利，远离喧嚣，做到心灵不荒芜，信念不动摇，理想不空虚，就可以做欲望的主人，而非欲望的奴隶。

衣服脏了要洗，灵魂脏了要晒，克制欲望是一次长跑，当生命终结时才能到达终点。在奔跑的路途中，只有保持一种阳光的心态、进取的精神，为官者才能甩开欲望的紧紧跟随，才能身心愉悦、工作顺利、事业有成。

清·虚谷·花鸟册页

【为官·自律】

自律，就是自我约束，在与放纵的较量中，自己拉自己一把；自律，就是自我控制，在与犯错的对决中，自己给自己理智。

一个自律的人，应该是一个懂得自爱、勇于自省、善于自控的人。搞一次特殊就会降低一分威信，破一次规矩就会留下一个污点，谋一次私利就会失去一片人心。懂得自爱的人，就像牛奶一样，即使在黑夜，也是白的；勇于自省的人，脸丑不会怨镜子差；善于自控的人，即使公鸡不打鸣，也阻止不了他迎接黎明。

为官者自律，要时时自觉地用法纪的“紧箍咒”来规范、约束自己的行为。为官者要管得住自己的嘴，不该吃的坚决不吃；管得住自己的腿，不该去的地方坚决不去；管得住自己的手，不该拿的坚决不拿。

廉政建设是为官者驰而不息的坚定决心，廉洁自律是为官者从政为民的基本底线。为官者要做廉洁自律的模范，思想干净不动非分之想，双手干净不捞不义之财，嘴巴干净不吃莫名之餐，双脚干净不涉雷池之地。

利益的诱惑是为官者走向腐败的催化剂，面对五光十色的诱惑，为官者要把宁静致远的淡泊之气、清正廉洁的无私底气、大道直行的浩然正气、干事创业的昂扬锐气，浸淫在骨子里，融合在血液里，把得住尺度，耐得住寂寞，守得住本分，不为名利所累，不为艰苦所困，不为物欲所惑，不为人情所诱，不为金钱所动。

为政者要把党的政策看成生命线，把国家的法律看成高压线，把组织的纪律看成警戒线，做到在大是大非上坚持原则，在小节问题上注意影响，在敏感问题上把握政策，稳得住心神，干得出业绩。不以“别人不知道”放纵自己，不以“小事无所谓”开脱自己，不以“第一次不要紧”原谅自己，做到人之常情自控、无人监督自律、生活享受自约，确保政治上不迷航、思想上不困惑、行为上不越轨。

只有心中自存一杆秤，常修为政之德；头上自悬一把剑，常念法纪之威；耳边自挂一个钟，常思贪欲之害；脑中自画一条线，常怀律己之心，才不会让从政生涯的篇章，到处都是错别字。

清・石涛・山水册页

【会议·会风】

开会的最高境界就是听会的不打盹，讲话的不违心。一次成功的会议既可以集思广益、解决实际问题，又可以凝聚人心，增强团队意识。

开会是一门学问。把会开好了，可以发现问题，找到方法，赢得信心；可以提高效率，鼓足干劲，消除懒政；可以消弭分歧，取得共识。会开会的人，有的放矢，抓大放小，解决很多问题，这未尝不是真本事；不会开会的人，随波逐流，念念稿子，解决不了问题，这真的不是本事。

有的会议组织者，把开会作为一种差事来应付，为开会而开会，为跟会而开会，为推卸责任而开会；会议越开越多，越开越长，越开越讲排场；重形式不重内容，规模求大，规格求高，次数求多，时间求长；一把手要参会，领导要到会，群众要陪会，只求会议形式多样，不求解决问题多少。这都是不良会风的具体表现。

开会的“会”字，结构是“人”和“云”。“云”有说话的含义，即开会就是有人要发言讲话，但讲话不能人云亦云，只做他人的复读机；研究不能云里雾里，只做他人的投影仪。

会议的聚光灯应该照在研究问题上，让“例行公事”只能躲在黑暗的角落里；会议的放大镜应该落在解决问题上，让“走个程序”在务实的边缘不断缩小。召开会议要简短，工作程序要简化，汇报工作要简要，文字材料要简练，措施方法要简便，语言表达要简明。

改进会风是改进工作作风的开始。好的会风，体现了良好的团队管理水平，体现了高超的领导艺术，体现了为官者务实的工作作风，提高了抓工作落实的绩效。

明·沈周·山水册页

【从政·考评】

从政者要树立均衡化考核的理念，既看发展速度，又看发展潜力；既看经济指标，又看幸福指数；既看领导肯定，又看群众公论。

畸形的发展速度，光鲜的政绩工程，并不能代表成绩；开拓性地夯实基础，创造性地破解难题，才能说明发展的潜力。

干部考评工作是科学发展的“风向标”，是改革创新的“加速器”，是选贤任能的“标准尺”。从政者要加大考评结果运用力度，坚持重用能力强的干部，褒奖实绩突出的干部，鼓励真抓实干的干部，惩戒无所作为的干部。

评价干部要看是否学在深处。学在深处就会真学，练功如逆水挽舟，学习如开山平地，假练只会回流倒退，真学便能积少成多。学在深处就是真用，功夫出于苦练，真理出于实践。学而不用就像苦瓜吃在嘴中，不是好滋味；学以践行好比蜜枣脆又甜，越嚼越有味。

评价干部要看其是否谋在远处，保守保守，寸步难走，看不到远方便找不到出路。谋得远的人，“饱备干粮晴备伞，丰年也会防歉年”。谋不远的人，“不渴了，就不打井”，不懂得趁早拔芽的人，早晚会被生根发芽的困境击倒。

评价干部要看其是否干在实处。龙是龙，鳖是鳖，喇叭是铜锅是铁，爱叫的麻雀不长肉，暴风雨中才识好船长。干在实处的人，动动点子，“难”境便是又一佳境；

干在虚处的人，开了真方，也会抓成假药。

评价干部要走出学历代表能力、任职在先代表使用优先、领导确定代表群众肯定的用人误区。

评价干部的优点要依据大多数人的谈话意见，而评价干部的不足则要重视少数人的反映。在推荐测评时，要处理好能人与好人的关系。好的制度可以淘汰不好的人，但不一定能遴选出最好的人，拉票的问题不解决，就会把民主引向邪路。

考评干部要把握正确的评价导向。坚持把干部的德放在首要位置，形成以德修身、以德服众、以德领才、以德润才、德才兼备的用人导向，不让老实人吃亏、“老好人”占便宜，不让干事的吃亏、“整事”的占便宜，不让苦干的吃亏、“巧干”的占便宜，不让为民的吃亏、“为官”的占便宜，不让果断的吃亏、武断的占便宜。防止考察失真、评价失准、用人失误。

【为政·思源】

做人不忘根本，为政不忘思源。为政者要时刻铭记父母的养育之恩，同事的帮助之恩，领导的教导之恩，组织的培养之恩，最重要的是人民的哺育之恩。

感恩，就要删除权力的欲望，确定今天的务实，设置明天的幸福，储存永远的感恩，复制为民的理念，粘贴回报的行动。

有的人，把感恩放在桌子的灰尘里，风一吹就不见了；有的人，把感恩写成黑板上的粉笔字，时间一抹就模糊了。殊不知感恩是永远的，报答是一辈子的。

真正的感恩，是不管工作再忙、时间再紧，都不忘为家人送温暖；真正的感恩，是不管距离再远、联系再少，都乐意为朋友送热忱；真正的感恩，是不管权力再小、提升再慢，都要全心全意为人民谋幸福。

饮水思源是一种执政理念，更是一种工作指南。只把感恩放在嘴上，感恩会烂掉；只把感恩放在心上，感恩会憋坏；只有让感恩多运动，放在行动上，感恩才能更健康。

思源不是脑袋想想，感恩不是嘴巴说说，更不是动动笔写几篇文章，大会上讲讲心得，百姓前流几滴眼泪，而是年复一年地，日复一日地在自己的工作中，尽己所能地为人民群众解难题、谋福利、办实事。

喝水不忘挖井人，饮水思源报党恩。为政者应当常怀感恩之心，不求所得，但求所为，把自己放在“债务人”

的位置，在其位谋其政，任其职尽其责，将为人民服务作为自己的宗旨，将为人民谋利作为永远的追求。

明 · 王鉴 · 仿古册页

幸福篇

真实的幸福就是白天说说笑笑，晚上睡个好觉。

【幸福·感知】

幸福，是用来感觉的，而不是用来比较的；生活，是用来经营的，而不是用来计较的；感情，是用来维系的，而不是用来考验的。

有些人把幸福想象得很神秘，很复杂，其实，幸福很简单，它就在我们的身边，就在生活的每一个细微处。有人说，幸福就是一觉睡到自然醒，数钱数得手抽筋，别人加班我加薪；有人说，幸福就是耳朵里听不见是非，眼睛里看不到争斗，嘴里说不出伤人的话。其实，朋友一声真诚的问候，爱人一句热情的鼓励，父母一个关爱的眼神，这些常常被人们忽视的细节，就是实实在在的幸福，就是实实在在的感动。关键在于，我们每个人，是否有一颗感恩的心，是否能感知到这些细节中所蕴含的幸福。

幸福是什么？一个身无分文的穷人说，有钱就是幸福；一个寒窗苦读的学子说，能考上重点学校就是幸福；一个婚姻失败的女人说，被爱就是幸福；一个双目失明的盲人说，能看见光明就是幸福。

幸福到底是什么？幸福不是你听过多少甜言蜜语，而是你伤心落泪时有人对你说，“没事，有我在”。幸福是自己的感觉，需要自己细细去体味。幸福的距离，有时近有时远，以为就在咫尺，转眼却还在天涯。现实生活中，不同心态的人对幸福的感知也自然不同。

生活其实可以很幸福，只要你放下脚步，用心体会，你会发现，幸福真的离我们很近。忙碌是一种幸福，让我们没时间体会痛苦；奔波是一种快乐，让我们真实地感受生活；疲惫是一种享受，让我们无暇空虚，坎坷是一种经历，让我们真切地理解人生。

幸福就是牵着一双想牵的手，一起走过繁华喧嚣，一起守候寂寞孤独；就是陪着一个想陪的人，高兴时一起笑，伤悲时一起哭；就是拥有一颗想拥有的心，过着重复单调的日子不乏味，做着相同的事情不枯燥。

平静的生活就像一杯白开水，喝起来淡而无味，却不知道，正是纯净无瑕才让我们的生活幸福，懂得生活的人才会在平淡中品出甘甜和幸福。那些自认为幸福的人，生活对他们来说是一种享受；那些自认为不幸福的人，生活对他们来说是一种痛苦。其实，幸福与否，不完全在于物质，而更多在于精神。当你以乐观的心态去面对生活时，你就会从容淡定，你就会感到满足，你就会感到幸福。

每个人都渴望幸福，因为幸福始终在前方，心，始终要在路上。“心”是幸福的根源所在，如果心理失衡，即使拥有再多，也很难感知幸福。

上帝分给每个人的幸福是一样多的，只是有些人感觉到了，而有些人没有感觉到。感知过的人，内心充满了喜悦，并尽情享受这份幸福；没有感知过的人，处在愤愤的抱怨之中，毫无幸福可言。心中有爱就有幸福，幸福就在当初的承诺中，在当下的行动中，在今后的回忆里。

【简单·幸福】

幸福不是住豪宅，而是豪宅里有笑声；幸福不是开豪车，而是豪车能平安到家；幸福不是成功时的喝彩，而是失意时相依相伴。人生不要太完美，快乐无悔就满足；生活不要太享受，幸福简单就足够。

生活里，我们都有一个错觉，幸福总是别人的，唯有烦恼属于自己，于是我们一天天地感受着所谓的烦恼，一天天寻找着其实就在身边的幸福。

幸福不是你存了多少钱，而是天天身心自由，不停地干自己喜欢的事。幸福不是你的爱人多漂亮，而是你爱人的笑容多灿烂。幸福不是你当了多大的官，而是无论走到哪里，人们都说你是个好人。

如果你想要幸福，你必须首先在心里体验到幸福。有一种幸福很迷人，那就是，穷了有人跟着你，病了有人照顾你，冷了有人温暖你，饿了有人惦记你，跌倒有人扶起你，老了有人陪伴你。

简单生活才能幸福生活，人要知足常乐，宽容大度，什么事情都不能想繁杂，心灵的负荷重了，就会怨天尤人。要定期地对记忆进行一次删除，把不愉快的人和事从记忆中抛弃。悲观的人破坏好心情，聪明的人寻找好心情，成功的人保持好心情，幸福的人享受好心情。

家庭幸福就是在一起。大幸福里有小幸福，小幸福里也有大幸福。

有这样一种幸福，你等的那个人也在等你，你关心的那个人也在关心你，你想的那个人也在想你，你爱的那个人也在爱你，你懂的那个人比你更懂你。

一个人最大的感动是有人包容，一个人最大的满足是有人守候，一个人最大的奢求是有人懂，一个人最大的快乐是有人问候。哭的时候有人疼，累的时候有人靠。不管他有什么，都会把最好的留给你。这样的幸福，看似简单，做起来不简单。

幸福不需要山盟海誓，真正做到就好；不需要彼此埋怨，相互理解就好；不需要成天生气，懂得包容就好；不需要时刻不离，心里有你就好；不需要轰轰烈烈，走到最后就好；不需要大富大贵，平平淡淡就好。

人的一生，没有来世，所以让我们从微笑开始。人活一辈子，开心最重要。拥有健康的体魄，在快乐的心境中做自己喜欢做的事情，简单地实现自身价值，是人生最大的幸福。活着活着终于明白，简单就是人生的幸福。

【幸福·情趣】

快乐情趣源于心态，美好追求源于博爱，丰富多彩源于积累，温馨笑脸源于豁达。

愿陪你吃饭的人，酸甜苦辣都能吃；跟你聊得来的人，唠唠叨叨也中听；愿意帮你的人，点点滴滴要珍惜；特别喜欢你的人，你说咋样都能行；真心疼爱你的人，分分秒秒都开心。

活得糊涂的人，容易幸福；活得清醒的人，容易烦恼。这是因为，清醒的人看得太真切，一较真，生活中便烦恼遍地；而糊涂的人，计较得少，虽然活得简单粗糙，却因此觅得了人生的大滋味。遇到烦恼时，首先要好好吃饭，照顾好自己，你才有精力去面对更多的困难，千万不要自暴自弃。别在考验还没到来的时候，你就先倒了。

人生所追求的不外乎就是那实实在在的欢乐、点点滴滴的幸福。人这一辈子怎么都是过，与其皱眉头，不如偷着乐。

快乐不快乐，都得乐呵呵，人生的快乐不仅是物质的快乐，更是精神的快乐。这种快乐，你中有我，我中有你。

懂，是世界上最温情的语言。幸福，就是有一个读懂你的人；温暖，就是有一个愿意陪伴你的人。人总有脆弱的时候，并不需要太多的浪漫和语言。累了，有一个拥抱可以依靠；痛了，有一句懂得可以舒缓。即使两两相望，也是一份无言的喜欢；即使默默思念，也是一份踏实的心安。

不要等到孤单寂寞时，才想起亲人；不要等到开心快乐时，才露出微笑。自得其乐，生活其实很快乐，该吃吃该喝喝，有事别往心里搁；唱唱歌洗洗澡，舒服一秒乐一秒；聊聊天打打球，又解苦来又解愁。冬天别嫌冷，夏天别嫌热，有钱别装穷，没钱别摆阔，闲暇养养身，每日找找乐，酸甜苦辣都尝过，才算没白活。

明·文征明·花卉册页

【幸福·知足】

有时，人们总是对自己的幸福熟视无睹，却盯着别人的幸福。其实，你所拥有的正是别人所羡慕的。懂得珍惜的人，找到快乐；懂得知足的人，找到幸福。

一生何须太多，有情才是幸福；一生何求太多，有爱才是满足。人生的幸福，不在于富足，而在于知足。人的欲望是无止境的，以有限的生命追求无尽的欲望，又怎能得到满足？不懂得满足，再有钱也不会安宁。

当你的年龄越来越大，当你做什么事情越来越力不从心，你可曾想过，究竟什么对你最重要？慢慢地你会发现，豆浆比茅台重要，窝头比蛋糕重要，红薯比炖肉重要，蘑菇比鲍鱼重要，宽容比美容重要，祝福比请客重要，运动比按摩重要，走路比开车重要，快乐比业绩重要。

知足不在于多加燃料，而在于减少火苗；不在于累积财富，而在于减少欲念。戴三百块钱的表和戴三百万块钱的表，时间是一样的；喝三十块的酒和喝三千块的酒，呕吐的结果是一样的；住三十平方米的房子与住三百平方米的房子，孤独的感觉是一样的。

知足而不安于现状，知足后在快乐中不断进取，让你的心境不断改变和升华。生活中能够寻找满足感的人，不管他富与贫，都是幸福的。

不满足的人，即使睡在天堂也觉得是地狱。争抢永远得不到满足，退让一步，你会有意想不到的收获。知足的人，留下更多的是欢乐；不知足的人，没有一把椅子是舒服的。

一生无需太奢求，有份真情就足够；生活无需太浪漫，平淡相守是陪伴；日子无需太富有，一家和睦是幸福；生命无需太长寿，健康快乐是知足。

放下贪欲，追求简朴平淡的生活，是获取幸福的最好方法。过得好时要多助人为乐，过得一般时要知足常乐，而处于逆境时要自得其乐。

快乐的人不一定幸福，幸福的人一定快乐。不幸福的人，抱怨什么都没有；幸福的人，感恩所有的一切。感受知足的快乐，珍惜已有的过去，感恩现在的拥有，追求满满的幸福。

清・恽寿平・花卉册页

【家庭·亲情】

家，很平淡。家就是有亲人默默等候的地方，家里有日夜盼着你回来的爷爷，有最疼你的奶奶，有爱意满满不善言辞的父亲，有忙着张罗做饭的母亲。只要每天都能看见亲人的笑脸，就是一种幸福。

家是有根有叶的大树，家是最温暖的地方，因为那里有自己最爱的人和最爱自己的人。不开心的时候，想的是家；出门远行的时候，想的是家；孤独无助的时候，想的还是家。

有父母在的地方才是真正的家，世界上最好的家是爸爸爱妈妈，最好的家教是爸妈恩爱，最好的亲情是爸妈爱我。爸妈在，家乡就是老家，爸妈没了，家乡就是故乡；爸妈在，兄弟姐妹是一家，爸妈没了，兄弟姐妹是亲戚；爸妈在，家是香甜入梦的殿堂。家有老人，意味着亲情还在，昭示着生命的黄昏还很遥远。

家是讲爱的地方，不是说理的讲堂，所有的成功都弥补不了家的失败。父母的心，儿女的情。在外面受了委屈，回到家来一切都烟消云散。亲情是最暖的幸福，多少浪子回头是因为家，多少游子在外思念着家。亲情是最真诚的陪伴，它习惯了默默地奉献和无私地帮助。亲情是最持久的动力，在寂寞的情感路上，在无奈的十字路口，亲情是最清晰的路标，指引我们达到成功的目标。

是父母给了我们生命，把我们养育成人，恩情比天大，比海深，报答父母的恩情是天经地义，一刻也不能等。

望子成龙父母心，默默承受一辈子。受到父母的责怪，心有不顺，想想父母孕育之苦、生育之苦、养育之苦，还有什么值得抱怨的。以感恩的心，化解心中的怨气，再多的委屈，又算得了什么。

滴水之恩，涌泉相报，孝顺父母是一种觉悟，关爱亲人是一种觉醒。从不孝顺到孝顺，从不关爱到关爱，很多人经历了漫长的过程，吃过了难以言尽的苦头。醒悟了，就进步了，拥抱了亲人，收获了亲情，这何尝不是一次情感的丰收。

清・虚谷・花鸟册页

【家庭·责任】

家的脊梁是男人，家的灵魂是女人。女人在哪里，家就在哪里。女人是深夜那盏守望的灯，守望着迟归的孩子，守望着迟归的丈夫。风吹来浪打来，男人是女人的依靠，女人是男人的安慰。

家不一定富有，但一定要温馨。家是相濡以沫的彼此扶持，是简单的柴米油盐酱醋茶，是编制着梦和苦辣酸甜的窝，是夫妻共同经营的责任，失去它时，掏心掏肝也找不回。

一个人不能没有责任，一个家庭不能没有担当。心地善良的女人最美丽，有责任感的男人最富有。女人最欣赏男人有才气，最讨厌男人太小气，最怕男人不争气。

男人的三大责任，让父母骄傲，让自己的女人幸福，保持高贵的灵魂；女人的三大责任，引爆自己的男人，让他飞翔，照顾好他的家庭，做气质非凡、独一无二的女人；父母的三大责任，成为孩子的榜样，帮助孩子建立内在的力量和外在的良好习惯，给孩子插上梦想的翅膀。

一个成功男人的背后，有个含辛茹苦的女人；一个成功女人的背后，有个苦不堪言的男人。男人不努力，两种结果，抽不完的低档烟，干不完的苦力活；女人不努力，两种结果，逛不完的菜市场，买不完的地摊货。

家是永恒的基石，怕了累了，想一想家，那是自信的来源。家是灯，责任是油，要想灯亮，就得加油；家是船，责任是帆，要想乘风破浪，就得扬帆起航。不要攀不要比，不要自己气自己，夫妻爱子女孝，家和比啥都重要。

明・王鉴・仿古册页

【家风·福根】

家风是家庭生活的基调，是弥漫在亲情周围的幽香，它犹如一个磁场，把家人团结在一起，把真气凝聚在一起，在不知不觉中，熏陶和激励着每一位家人。

父爱就是家风的基调，世上最深沉的就是父爱。恐惧时，父爱是一块踏脚石；黑暗时，父爱是一盏明灯；成功时，父爱又是鼓励与警钟。

最难懂的是父爱，最沉默的也是父爱，最不善于言辞的还是父爱。有谁愿意给你骑马马，有谁宁可为你挡刀叉，有谁为你背井离乡，劳累奔波。父爱是一棵树，高大、伟岸、挺拔，他为你撑起一方蓝天；父爱是船，把你从幼小渡到了成熟；父爱如山，他的肩膀就是永远的靠山；父爱是浓烈的酒，他点燃了你的豪情，激励你奋发向上。

是父爱酿造了仁厚的家风，是父爱抒发了清甜的家风，是父爱传承了广博的家风。“家风”不像“幸福”那样来得那么快，那么突然，也不像“幸福”那样激动人心。一个好的“家风”，就是一个家庭乃至数代人经历了浓厚的文化沉淀，日积月累后形成的。

和美的家风，会给后代创造一个良好的成长环境，一个爸爸对孩子最好的爱，就是好好疼爱孩子的妈妈；一个妈妈对孩子最好的爱，就是欣赏并推崇孩子的爸爸。孩子的一半来自父亲，一半来自母亲，否认孩子父母的其中一方，等于无意识里也否认了孩子的一半。

夫妻美满在于爱，爱情甜美在于心，家庭幸福在于和。以包容互相谅解，以真诚交流感情，以和谐和睦家庭，共同创造甜甜美美的幸福生活。夫妻关系是家庭的第一关系，正因为有了牢固的夫妻关系，才有了稳固的家庭。有了稳固的家庭，才会给孩子留下一个正常、良好的成长空间。

童年的幸福是成长的摇篮，父母的疼爱是孩子幸福的起跑线。良好的家风在很大程度上决定孩子一生的幸福，别把自己的梦想附加给孩子的未来，不要认为上名校才决定孩子的一生。不要过于溺爱孩子，凡事无条件满足孩子的，等待这个家庭的多半是悲剧。好好地培养子女，因为他们才是你的希望；好好地孝敬你的父母，因为他们才是你的福根。

祖辈立家风，长辈传家风，子孙扬家风，代代好传统。家事无对错，只有和不和，家和才能万事兴。家泰国安宁，这是一条朴素的逻辑，但其中却蕴藏着烟火弥漫的人间天堂。

【幸福·深爱】

有些人因为寂寞而错爱了一个人，但更多的人因为错爱一个人而寂寞一生。真正爱你的人，不会说许多爱你的话，却会做许多爱你的事。

恩爱夫妻之所以把恩放在前面，把爱放在后面，就是因为他们之间的恩情，早已远远超越了爱情的分量，这才是爱。吵不离，骂不散，打不走，这才是深爱。

天也大，地也大，不如老婆的恩情大。男人有火别乱发，对天发，对地发，千万别对自己的老婆发；无论你心情多烦躁，别把老婆当成情绪的垃圾桶；不管心情是好坏，别人可以转身离开，却只有老婆要陪着你，陪你度过心灰意冷，陪你度过意气风发。

好好爱你的妻子，你的父母会先离开这个世界，你的孩子也会长大独立，陪在身边的只有你的妻子。妻子是丈夫生命中的最后一个观众，丈夫是妻子生命中的最后一张存折。

当你嫌弃身边的男人不够优秀时，有没有想过他没日没夜的努力。你该知足的是，他看中的不是你有多美、多性感，而是他不想苦了身边跟随他的女人。

人不是因为美丽而可爱，而是因为爱才美丽。真正爱一个人，无法说出爱什么和爱的原因。因为深爱，所以忽略了伤害；因为心疼，所以甘愿宽容；因为不想失去，所以宁愿受委屈。原谅，并非是因为心宽，而是因为不舍。不原谅，未必是因罪不可赦，只因心已离开。真爱，一定会让人心软。

爱一个人的优点很容易，宽容一个人的缺点却很难，如果一个人能一生宽容对方的缺点，才是难能可贵的幸福。只有那个最能宽容自己的人，才是最爱自己的人。最深的爱，不是风花雪月，而是患难与共、相互包容。简单的想念，分秒心的跟随，这就是幸福。

清・石涛・山水册页

【简单·境界】

简单不是使人变得幼稚，而是在经历人生的风风雨雨后，对生命做更高层次的回归。简单是一种彻悟，是大轻松、大自由。这种简单，不是与世隔绝，独守寂寞，而是要洗净心灵的积垢，保持心灵的纯洁与宁静，不为世俗所扰；这种简单，不是头脑简单，不求甚解，而是要精繁易简，轻装上阵，时刻保持一种清醒和冷静。

快乐是简单的幸福，幸福是崇高的快乐。快乐的人不会钻钱眼，钻钱眼的人未必有幸福。有两种人在幸福的境界里，一是淡泊宁静的平凡人，一是功成名就的杰出者。幸福的简单观念，在家和睦家庭，在外造福社会。幸福有两道门：一是出门在外，平安无事；一是回到家里，其乐融融。

一个人的时候，要对自己好，两个人的时候，要对对方好；一个人的时候，要会哄自己，两个人的时候，要会哄对方；一个人的时候，要宽恕自己，两个人的时候，要宽容对方。

孝顺父母，父母幸福，自己也幸福；奉献社会，社会幸福，自己更幸福。有了钱怎么花？不一样的人，有不一样的花法。不管怎么花，结果都一样——活着。活着，就是幸福。

神话永远不是生活，生活却可以变成神话。年龄不是幸福的羁绊，躲避不是幸福的港湾，消沉不是幸福的桥段，健康是幸福的基点，安乐是幸福的终点。最甜的还不是糖，比糖更甜的是被人爱；最苦的还不是药，比药还苦的是没人疼。

不管事业有多大成就，只愿生活甜美温馨就好；不求生活多么富有，只愿家人健康和睦。

当一个人仰望星空时，并非想寻找什么，只是寂寞；当一个人低头凝视时，并非是需要什么，而是孤独。真实的幸福就是，白天说说笑笑，晚上睡个好觉。

明・陈洪绶・花鸟册页

【情系·福缘】

福缘让幸福的底色越来越深，让痛苦的底色越来越浅。

你的苦乐有人懂，你的付出有人知。一杯热茶，暖的是身；一句懂得，暖的是心。最真的拥有是你在，最美的感情是你懂，最深的爱是风雨兼程，最浓的情是冷暖与共。感情不是人生的全部，却是心灵最好的归宿。一个不懂得感恩的人，即使家财万贯，他仍是一个贫穷的人；懂得感恩并知恩图报，才是天下最富有和最快乐的人。

快乐的最好办法就是忘记不快，幸福的最好办法就是忘记不幸。对不快乐的事情耿耿于怀，只会使自己更加痛苦；对不幸的过去念念不忘，只会使自己更加悲伤。

感情中，追来的很累，强求的不美。一直低三下四，只能贬低自己；再三委曲求全，只能难为自己。心里有你的人总会出现，心里没你的人不必强求。懂得珍惜，对你好是因为在意你。

当我们在友情中发现了爱情，在爱情中发现了亲情，在亲情中发现了友情和爱情，才能体会到人生和爱的真谛。懂得了亲情，懂得了感恩，懂得了回报，懂得了付出，就懂得了幸福的来之不易。

真情难遇，亲情难分，知音难觅，珍惜眼前的每一个人，情系福缘，幸福无边。

【简单·瞬间】

小时候，幸福很简单，长大了，简单很幸福；小时候，天真很浪漫，长大了，浪漫很天真；小时候，梦幻很美好，长大了，美好很梦幻；小时候，理想很单纯，长大了，单纯很理想；小时候，模糊很遥远，长大了，遥远很模糊。

小时候，幸福是某一样具体的东西，拥有了就幸福；长大后，幸福是某一个远大的目标，达到了就幸福；成熟后，发现幸福原来是一种心态，领悟了就幸福。

一辈子，一瞬间，如果看开，多半快乐；如果计较，多半烦恼。一辈子，一瞬间，如果放下，多半轻松；如果固执，多半负累。一辈子，一瞬间，如果知足，多半幸福；如果奢望，多半失望。做官是一阵子，做人是一辈子；金钱是一张纸，健康是一辈子；荣誉是一片云，追求是一辈子。

幸福很简单，或许只是一句话、一个动作、一杯暖暖的牛奶。幸福，有的人觉得它十分遥远，有的人觉得它触手可及。其实幸福就在指尖，就在心间，就在身边。

在生活之中，我们可以找到许多的幸福瞬间，生活中的幸福瞬间，往往都包含在点点滴滴的不经意间。

【幸福·懂你】

幸福，是两情相悦的一种陪伴；懂你，是两心互通的一种眷恋。总是觉得相聚的时光太短，原来，走得最快的不是时间，而是两个人在一起时的快乐。

有个懂你的人，是最大的幸福。这个人，不一定十全十美，但他能读懂你，能走进你的心灵深处，能看懂你的内心世界。

懂你的人是理解你的人，是体谅你的人，是对你有爱心的人。最懂你的人，总是会在你身边，默默守着你，不让你受一点点的委屈。

懂你的人对你的爱是默默的爱，是发自肺腑的真爱。真正懂你的人，不会说许多欺骗你的漂亮话，却会做许多帮得上你的暖心活。

懂你的人，了解你成功背后的艰辛，清楚你坚强背后的不屈。遇到不懂你的人，学会沟通；遇到你不懂的人，学会理解；遇到懂你的人，学会珍惜。懂你才是真正的幸福。

懂你的人，会用你所需要的方式去爱你；不懂你的人，总是用他所习惯的方式去爱你。懂你的人，爱得自如，你享受幸福；不懂你的人，爱得吃力，你觉得辛苦。两个人的世界里，懂你比爱你更难做到。

懂你的人，也许不在身边，但一定在心里在生命里；也许默默无语，但一定在关注着你守候着你。爱你的人未必懂你，但懂你的人一定心疼你。只有一个真正懂你的人，才会和你尽情地分享开心的时光和爱的快乐。

幸福，就是有一个读懂你的人；温暖，就是有一个愿意陪伴你的人。人总有脆弱的时候，并不需要太多的浪漫和语言。懂你，是心灵的一种呵护，是生命的一种温度。因为有人懂，情怀可以诉说，痛苦可以解脱；因为有人懂，孤单时有人相陪，无助时有人安慰。懂你，是世界上最温情的语言。简短的话语，却包含了万千。因为深有体会，所以知你的负累，懂你的苦衷；因为感同身受，所以心疼你的真诚，珍惜你的感情。

清・恽寿平・花卉册页

【幸福·漫语】

人生的幸福，并非一条平坦的路，而是在坎坷的路上，寻获一群患难与共的同行者。再美的日子，没有人牵挂也是一种遗憾。也许问候只是一种形式，却能给心灵带来温馨。

有人说，幸福就是有好的身体和坏的记性；有人说，幸福就是可以去不同的地方，看不同的风景，见不同的人；有人说，幸福就是可以与自己心爱的人一起慢慢变老。

幸福感不足的人，是因为脑子太清醒，会把所有的幸福和快乐看穿。有些事不必强求，随缘而安。追求完美是美好的理想，接受残缺是美好的心态。一个拥抱，可以融化失落的心情；一句心疼，可以安慰沉默背后的悲痛；一份懂得，更让心灵有个慰藉的港口。人生中最永恒的幸福是平凡，最长久的拥有是懂得珍惜。

为了寻找幸福，我们会许下一些诺言。可当真正去实践的时候，却发现曾经的诺言有些是虚伪的谎言。但细想一下，就是这些虚伪而善良的谎言，让我们对幸福充满了希望和信心。

如果你是平凡人，你可以通过修炼内心，减少欲望来获得幸福；如果你是杰出者，你可以通过拼搏进取获得事业的成功，进而获得更高层次的幸福。

【幸福·温暖】

有人疼就是温暖，有人爱就是幸福。最温暖的不是阳光，而是善良的心；最有朝气的不是春天，应该是孩子的脸；最美好的日子不是未来，就是当下的每一天。

想念的时候只想看上一眼，感觉很暖；牵挂的时候只想问候一声，感觉心里踏实；孤独的时候只想聊上一会，感觉非常眷恋。

人生最美的不是风景，而是感情；生活最难的不是相守，而是彼此的关心；认识不在于时间的长短，而在于彼此的相知。孤单时有人陪在身边，哪怕无言，也是温暖；失意后有人不会走远，即使平淡，也会心安。

对女人而言，钱不是幸福的关键。关键是，在关键的时刻，自己的男人陪在身边。

四季交替，有人惦记冷暖。心情多变，有人一直包涵。我们一生所寻求的，不外乎就是有人疼，有人懂，眼中有笑，心中有暖，于人生就是温暖的幸福。

赢得了整个人生，多一份平和，多一点温暖，生活才有阳光。保持一颗年轻的心，做一个知足的人，享受阳光和温暖。平凡中的陪伴最心安，懂你的人最温暖。

心灵的伙伴，是温暖的源泉，贴心的情感，是生命的春天。其实幸福的日子，无非是你在闹，他在笑，如此温暖过一生。

【简单·充实】

心灵的愉悦，来自精神的富有；简单的快乐，来自心灵的充实。

人是活给自己看的，别奢望人人懂你，别奢求事事如意。苦累中，懂得安慰自己，没人心疼，也要坚强；没人喝彩，也要登场；没人欣赏，也要芬芳。生活，没有模板，只需心灯一盏。烦时，找找乐，别丢了幸福；忙时，偷偷闲，别丢了健康；累时，歇歇脚，别丢了快乐。活得健康，过得平淡，忙得充实，这就是一种富有、一种幸福。

凡事不必苛求，来了就来了；凡事不必计较，过了就过了；遇事不要皱眉，笑了就笑了；结果不要强求，做了就对了。不要拒绝忙碌，因为它是一种充实；不要抱怨挫折，因为它使你更坚强；不要去恨曾爱过的人，因为所有的结局都是新的开始。其实，简单生活就是一种态度，心静了就平和了。

有些事，无能为力，就顺其自然；有些人，不能强求，就一笑而过；有的路，绕不过去，就面对现实。没有阳光，学会享受风雨的清凉；没有鲜花，学会感受泥土的芬芳。

平凡生活中，忙碌于工作，取乐于家庭。不求事业有多大，只愿生活温馨；不想多富有，只愿简单生活。简单的事，想深了，就复杂了；复杂的事，看淡了，就简单了；纠结的事，放下了，就没事了。生活不简单，尽量简单过；人生不完美，尽量快乐活。

人的一生，真的别太纠结，本就是棵小草，就别想着做花朵，骑电动挺好，就别总想着去开豪车。放下沉重，心就轻松。别太烦躁，忙碌是一种心情，奔波是你的使命，忙碌是你的责任和义务，奔波更是你前进的动力。

想要的多了是负累，奢望的少了会满意。微笑的眼睛，才能看见美丽的风景，简单的心境，才能拥抱快乐的心情。

清・恽寿平・花卉册页

【幸福·心态】

一个人幸福与否，最终都得回归自我，都必须经受心灵的锤打和拷问。只有你相信自己是幸福的，你才会幸福；反之如果你感觉不到幸福，无论你在别人眼里多么风光，你内心都不会幸福，留下的只有疲惫和痛苦。

幸福的人生需要阳光的心态，阳光的心态是一种积极的乐观，是一种知足的感恩。要学会感恩，学会感谢那些对你有所帮助的人，感谢在十字路口为你指明方向的人，感谢爱过你的人，感谢给了你知识的人，更要感谢一路和你风雨同舟的人。学会感恩，你的心态才会变得更加阳光灿烂。

人生最奢侈的幸福，是拥有一颗不老的童心。小时候哭着哭着就笑了，长大了笑着笑着就哭了。幸福，其实就是一种心态。

一堆人，一个苹果，就有了争抢；两个人，一个苹果，就有了算计；一个人，一堆苹果，吃的欲望已消失；两个人，一堆苹果，大家开始犯愁。幸福，就是想吃一个苹果时，就得到一个苹果，并且能一口口地吃下去。若只能得到半个叫不足，更少叫匮乏，若得到两个叫富余，得到三个叫负担，得到更多叫累赘。幸福不是越多越好，而是恰到好处；幸福不是脸上的虚荣，而是内在的需要；幸福不在别人眼中，而在自己心中。

少一些指责，多一份宽容，自己就会过得很自在。善良的人心胸坦荡，没有私心杂念，面对烦恼挫折一笑了之，不挂记在心，身心清净心情愉快，因此也就生活在幸福之中。和乐幸福的生活，其实就在当下，只是我们没有把握好自己的心态。

幸福的人生，需要三种心态，对过去要淡，对现在要惜，对未来要信。人生的答卷没有橡皮擦，写上去就无法再更改，过去的就让它过去，否则就是跟自己过不去。

有的人看似幸福，其实心里很烦恼；有的人看似烦恼，心里却很幸福。多数人追求的往往不是真正的幸福，而是努力使自己在别人面前看起来很幸福。你的幸福，常常在别人的眼睛里，透过别人的眼睛折射出来的光芒，你会看到那些光芒中反射回来的是你的幸福。总以为，幸福离你很远；其实，幸福就在你的身边。

人生最大的魅力是心态的阳光，人生最大的幸福莫过于心灵的自如，只有减去杂草，你才能拥有一个健康的心灵。人生幸福与否，全在于你所持的态度。你做你的富贵梦，我有我的穷开心，不和别人比，只求自心安。人如果都能这样活着，还能不幸福吗？只要我们抱着一种“得之则喜、失之无忧”的心态，人生就会有乐此不疲的幸福。

【幸福·欲望】

欲望过高就是痛苦的开始，我们要做欲望的主人，不要做欲望的奴隶。只有这样，工作才会顺利，生活才会幸福。

男人最深的欲望是被承认，女人最深的欲望是被疼爱。生活不苦，苦的是欲望。物质的欲望是无止境的，如果贪欲太多，幸福就会离你很远。

欲望无穷原来是心田的贫穷，幸福的人，他的心田不是用来生长贪欲的。不管哪个人，每天见到的阳光都是一样的，他们一样在忙来忙去，一样只睡一张床。

世界上美好的东西实在数不过来，人们总是希望得到尽可能多的东西，其实欲望太多，反而会成为累赘，还有什么比拥有淡泊的心，更能让自己充实满足呢？

幸福并不是那么复杂，米饭是饥饿时的幸福，水源是干涸时的幸福，金钱是贫寒时的幸福，悠闲是繁忙时的幸福，睡眠是疲劳时的幸福，牵挂是相爱时的幸福，回忆是离别后的幸福。

人生的欢乐，就是拥有以后要细细品味，追求之时要无比充实。有些人为了享乐而辛苦了一生，有些人为了休息却忙碌了一生。人们总是在不停地追求美好，却往往错过了当下的美好。要记住，贪婪是最真实的贫穷，满足是最真实的财富。人生由我不由天，幸福由心不由境。

【幸福·守候】

不管风雨怎样变幻着岁月的行迹，平凡依旧演绎着生活的宁静，车来人往，日日夜夜，从未改变的是对幸福的守候。

人总想知道幸福是什么，苦苦地追寻那不知所踪的幸福。幸福，其实就藏在每个人的身边，只要用心去发现，一句亲切的话语，一个温馨的举动，一次细微的关怀，这些都是幸福的体现。

幸福是什么，幸福就是看见希望。远方的你就是我的希望，是我唯一的守候，我会守候到开花结果的那一天，陪你欣赏一路的风景。生命中，有一个人可以去牵挂，是缘分；有一个人牵挂自己，是幸福。

幸福不一定要惊天动地，也不可能惊天动地。生病时，幸福是父母彻夜不眠的守候；受伤时，幸福是家人的关心爱护、嘘寒问暖；无助时，幸福是轻轻的一句“我爱你”；口渴时，幸福是家人送上的一杯清茶。其实，简单的喜欢最长远，平凡的陪伴最心安，懂你的爱人最温暖。

有一种守候，历尽艰辛，跨过四季，却有着最动人心弦的温暖与坚守，那就是简单而又温馨的家。

守候是一份淡然，更是一份幸福，是品尝咖啡之后的余味，既纯净又典雅，这样的心不再害怕孤独无助的来袭。

【幸福·滋味】

幸福的滋味很简单，只要加几样特别的调料，就足以在你的舌尖留下深刻的回忆，这种调料，就是勇气、自信、微笑与真心。光靠这几样调味料，幸福就能成为人人赞美的一道好菜，一口口都是惊喜。

再风光的人，也有苦有寒；再幸福的人，也有无奈无言。

酸酸的不一定是醋，是嫉妒；甜甜的不一定是蜜，是鼓励；苦苦的不一定是药，是忠言；辣辣的不一定是辣椒，是讥讽。

幸福不在远方，而是来自一颗踏实安静的心，来自一粥一饭中的清淡滋味，来自没有惊恐的安稳夜梦。

每个人都要尝遍各种各样的味道，咸味儿的眼泪，甜味儿的幸福，酸味儿的记忆，苦味儿的失落。不断地回味，才能品尝到人生最幸福的滋味，只要我们去细细品味，你就会发现，你已拥有最为珍贵的人生历程。

幸福是遭遇挫折后得到的丝丝安慰，幸福是生病之后句句温暖人心的话语，幸福是经过努力后获得成功的喜悦。其实幸福就是在平凡中体味到的。

总觉得幸福是匿藏在生活缝隙中调皮的影子，因而感慨幸福的遥不可及。其实，只要敞开心扉，用心感悟，一举手一投足间都会聆听到幸福的旋律，带来那甜甜的滋味。

情感篇

感情不是万能的，没有感情是万万不能的。

【哄她·捧他】

老公要悉心呵护自己的老婆，老婆要学会欣赏自己的老公。聪明的老公，知道老婆身上的弱点；聪慧的老婆，善于发现老公身上的优点。美满的婚姻里，老公常常把老婆哄得像孩子一样，老婆常常把老公捧得像王子一样。一个男人最大的失误，就是把逗笑自己女人的机会让给了别人。

只要是女人，就想在爱的男人面前撒撒娇，总想深爱的男人来哄哄自己。男人的恭维和赞美就是女人最好的营养。遗憾的是，有的男人不解风情，不懂哄女人，让妻子疏远了。当一个男人的钱，在一个自己喜欢的女人身上花不出去的时候，这个男人就没有希望了，这就是男人的不幸。

当你嫌弃身边的女人不够漂亮时，有没有想过有很多男人都羡慕她对你这份死心塌地的感情。当一个女人把什么都给你了，你该知足，她看上的不是你有多帅、多有钱，而是她已经做好了和你同甘共苦的准备。

有人说，女人有没有女人味，多半是男人哄出来的。男人会哄的话，再呆板的女人也会千娇百媚；男人不会哄的话，再风情的女人也会离你远去。

当你希望别人爱自己的时候，问问自己有什么值得别人爱。当你嫌弃身边的男人没有出息时，有没有想过，他没日没夜的努力就是为了让你有更优越的生活条件。当一个男人两手空空肯为你去打拼，你该知足，他为的是能让你过得更好。当你埋怨老公不像个男人样时，不如好好想想，你已多久没有捧过自己的老公。当初你是因为喜欢才和他走在一起的，现在你的欣赏跑哪儿去了？你要明白，男人就像一棵树，想枝繁叶茂，就得浇水施肥。男人总想成为他所爱女人心中的神，总想他所爱的女人能尊重他，捧着他。遗憾的是，有的女人不懂得这个理儿。这其实也是女人的悲哀。

做男人身累心也累，累得你身心憔悴，累得你常想偷偷地流泪。但有的女人不理解，为什么男人总是那么晚才回家？为什么男人总是那么晚才肯睡？这种苦累，只有男人自己知道。有人说，男人的男人味，多半是女人捧出来的。女人会捧的话，再自卑的男人也会多几分自信。

不管是男人还是女人都要知道，自己的女人，自己不哄，总有喜欢哄她的男人；自己的男人，自己不捧，也总有乐意捧他的女人。现实生活中，出轨的夫妻，多半是想找一个善解人意，能哄她捧他的人。两个人在一起久了难免会吵嘴，女人在气头上往往说出的话句句似刀，而那个肯留下来和你吵架也不想离开你半步的，才是真正爱你的男人。

真正的感情，就是两人在一起久了，慢慢变成依赖，爱情慢慢变成亲情，就算两个人在一起没有了当初的激情，别忘了还有感情。当你想要放手的时候，有没有想过离开后的痛苦。恩爱的夫妻不是谁征服谁，而是谁迁就谁。夫妻同心，黄土变金。夫妻之间，吵吵闹闹都有理，磕磕碰碰都正常，唠唠叨叨不过分，再烦也睡一张床。

结婚后，每个人都有自己的交往圈子，夫妻双方有时模糊点、保留点，反而更有吸引力，给别人空间，也是给自己自由。请记住，在爱情的生活中，如果两个人都不糊涂，那么就没有安宁之日。

【恩人·贵人】

儿子是讨债的人，媳妇是还债的人，孙子是写满账单的人。女婿是不会讨价还价的仆人，儿女是血肉相连的亲人，老伴才是白头偕老的恩人，是一生中的贵人。丈夫是妻子的依靠，妻子是丈夫的恩人。一个没有血缘关系的女人，为你操持家务，为你哺育儿女，为你洗衣做饭，为你端茶倒水，这些都是普通的女人，看似平凡，其实就是你生命中的贵人。

妻子也许很弱，妻子也许不美丽，妻子甚至挣不了很多钱养家糊口，但妻子是家的灵魂，有妻子的家才真正像个家。有女人的家才是个完整的家，丈夫应该好好爱你的妻子，她是个不花钱甘愿奉献的保姆，是最理解你的人。

不要问你的女人窈窕身段去哪里了，请回头看看你的孩子，因为她成了孩子的母亲；不要问她美丽的容颜去哪里了，你在外打拼的时候，她如此寂寞地守候；不要怪她不去逛街，不要怪她不去买漂亮的衣服，不要怪她总是不修边幅，为了孩子，为了这个家庭，她倾注了所有的心血。

为了家庭，她抛下自己的父母，来照顾你的父母；为了家庭，她怀胎十月，还得承受分娩后体质变差，身材变形的无奈；为了家庭，她煮饭坐家带小孩，还得承受工作上的压力；为了家庭，她还得适应一个完全不同的家庭，并别无选择地面对丈夫亲友团的批评。

在你贫穷的时候，她没有嫌弃你；在你生病的时候，她整夜守护着你；在你深夜还没回家的时候，她在电视机旁等候着你。她为家庭所付出的一切，都是无怨无悔。她为你的事业付出了多少心血，却失去了自己美丽的容颜，其中的分量，只有你自己知道。

让女人失望的不是你没有钱，而是在你的身上看不到希望。你给妻子三分爱，妻子还你七分情，不管你位高位低，钱多钱少，妻子依然跟随你，不嫌弃，不放弃，不抛弃。

妻子是男人一生中的贵人，只要给她一双温暖的手、一声温馨的问候，她将成为你成功的发动机、幸福的发源地。

清・石涛・山水册页

【真情·真意】

真心见真情，真情最感人。好朋友不一定天天见，但一定会经常想念。真情不一定是美酒，但心里一定会有。

有些情，慢慢就淡了；有些人，慢慢就散了。从当初无话不说，到后来无话可说，从什么都愿说，到什么都不想说，人还是当初的人，心变了，什么都变了。

真心等你的人，他总会真心等下去；不愿意等你的人，总是一转身就牵了别人的手。感情，不是要找一个最好的人，而是要找一个对你最好的人。一颗愿意为你融入生命的心，才是真爱你的心；一个愿意为你放下骄傲的人，才是最疼你的人。

好的感情或许很淡，细细地品，自然有味。受伤时一起心痛，难过时相伴身边。甜言蜜语酿不出真感情，虚情假意换不来真情谊。

最好的感情，就是找一个能够聊得来的伴。各种的话题，永远说不完；重复的语言，也不觉得厌倦。当别人不信你时，只有两个字，我信；当别人离开你时，也只有两个字，我在。那个为你吃不下饭，睡不着觉，为你捏把汗的人才是真心在乎你的人。世上最让人感动的不是花言巧语，不是金山银山，而是拥有一份真情。

真情，是彼此的关心和体贴，是彼此心疼爱惜的感觉，是你对我好、我对你更好的感恩的心情。你累的时候我会给你揉揉肩膀，我心情不好的时候你能耐心听我唠叨。天冷的时候互相提醒着多加衣服，一个人咳嗽感冒了，另一个人能马上端上水和药。

一辈子的真心，一辈子的真情，一辈子拥有的爱情，是你的真心遇见了我的真情；一辈子追逐爱情的脚步，带上你的真心，带上我的真情，就没有过不去的坎。一辈子，只牵你一人之手，与子偕老，真心，真诚，潇潇洒洒过一生。

真意，不是浪漫的鲜花和烛光晚宴，也不是甜言蜜语和海誓山盟，是发自内心的呵护和体贴，是一份心有灵犀的默契。

真正的感情，是心灵和思想的交融，更是彼此的理解和宽容。

真情不需多说，日子久了，你会慢慢地感觉到；真心不必表白，时间长了，你自然会明白；遇见不论早晚，经历多了，真情才能相伴。

【相依·陪伴】

相依是心心相印，陪伴是不离不弃。最暖的相依，不是在远方，而是在心上；最美的风景，不是在路上，而是在心里。相依即相随，一生换一世。生命的光芒，不在乎有多耀眼，只要两心相守，两情相悦，爱的光芒足以照亮整个世界。

有一种陪伴，不是形影不离，而是在灵魂深处；有一种富有，不是腰缠万贯，而是情投意合。珍惜，不是你漂亮我才关注，时间留下的，不是财富，不是美貌，而是真诚。

感情不是人生的全部，却是心灵最好的归宿。再黑的夜，有人陪，也不觉得困苦；再冷的冬天，有人想，也不会孤独。

时间，会沉淀最真的情感；风雨，会考验最暖的陪伴。

陪伴不一定是时刻拥有，心存牵挂就行；感情不需要经常表白，感觉得到就行。一生中，有没有一个人，让我们笑得灿烂，想得深切。一份好的感情，就是两情相依的温暖，是相濡以沫的陪伴。

心其实很小很小，装一份爱就足够了；时间哪怕再短，陪一个相爱的人在一起，就很好很好。

人在旅途，谁在默默地等待，谁又从未走远？谁能为你一生守候，谁把他的幸福与期待，一直放在你的枕下？最真的爱，是独一无二；最深的情，是一心一意。上了心的人，才放在心上；动了情的人，才会付出真情。生命中，相遇的人很多，相知的人并不多；生活中，相识的人很多，相随的人并不多。

轰轰烈烈的爱，往往不会长久；缠缠绵绵的情，细水长流。你买菜，我做饭，你陪我逛公园，我随你爬爬山，相伴相随，其实，陪伴就是这么简单。

明・沈周・山水册页

【懂你·疼你】

感情无需太完美，有一个懂你的人就是最美；生命不要过多陪衬，有一颗疼你的心就是情深。

懂你比喜欢你更重要。一个深情的眼神，心领神会；一抹无言的微笑，心有灵犀；一次难舍的别离，依依回眸。懂你，是了解你成功背后的艰辛，是清楚你坚强背后的不屈。懂你的人也许不在身边，但一定在心里，在生命里。也许她默默不语，但一定在关注着你，守候着你。爱你的人未必懂你，但懂你的人一定会疼你。

懂你，是心灵的一种呵护，是生命的一种温度。因为有人懂，情怀可以诉说，痛苦可以解脱；因为有人懂，孤单时有人相陪，无助时有人安慰。疼你，是世界上最温情的语言。简短的话语，却包含了万千。因为深有体会，所以知你的负累，懂你的苦衷；因为感同身受，所以心疼你的真诚，珍惜你的感情。

关注你的人，看的不是微信，而是你的世界。在乎你的人，读的不是文字，而是你的心情。真正心里有你的人，无所谓距离，无所谓时间，即使天各一方，牵挂一直都在。真正懂你的人，交的是心，连的是情。点赞是对你的鼓励，评论是对你的关心，且行且珍惜。缘来是你，缘去是空。心字好写，人心难懂。对你好的人，不是对谁都那么好，人生最长久的拥有，就是懂你。

爱的最高境界就是疼你。当你心疼一个人的时候，爱，已经住进了你心里。懂你也是一种心疼，只有心疼才是发自最内心的感受。

温柔可以伪装，浪漫可以制造，美丽可以修饰，只有心疼才是最原始的情感。其实爱就是两人之间累积起来的所有的心疼。懂一个人就会心疼一个人，而心疼一个人，你就会甘愿为他的幸福和快乐而付出。

距离的远近，妨碍不了心与心的对语，阻隔不了魂与魂的相吸。穿越时空的心音，总是让人悸动；流在眼角的热泪，总是让人心疼。

再有钱的男人，也不如一个知冷知热疼你的男人重要；再名牌的爱马仕，也不如男人跑几条街为你买来的豆浆油条重要；再好的甜言蜜语，也不如在你感冒时陪在你身边的男人重要。

男人送给爱人最好的礼物，就是疼爱与包容；女人送给男人最好的回赠，就是体贴与温柔。懂是对心灵的呵护，因为懂得，所以包容，因为懂得，彼此疼惜。懂得是最温情的思念，是最深刻的感动，是生命中最美好的想通。

【夫妻·你我】

再亲亲不过兄弟，再好好不过夫妻。再疏远的兄弟，也是血脉相连，即使兄弟反目，也改变不了他们的血缘关系；再恩爱的夫妻，也有闹别扭的时候，即使海誓山盟，也并非是不可拆分的你我。

没有对男人的仰视，没有对女人的欣赏，爱情将无从生根发芽。盘算和比较会扼杀爱情，过分的清醒只会冲淡爱情的味道。夫妻就是走路时的两条腿，要站稳，就谁也离不开谁，不要总是这条腿抱怨另外一条腿。既然结合了，就要努力共同走下去，即使不再爱这个人，也只有怀念，而不要去怀恨。多少看似不般配的夫妻，却把日子过得有滋有味。磨合磨合，你磨我合，其实夫妻感情就是磨合出来的。多少自由恋爱的夫妻，由于不懂得磨合的艺术，遇到阻力，最后也是分道扬镳。

夫妻之间，没有必要非得分出个厚薄轻重、高低输赢，许多不幸的家庭，正是因为不懂得这个道理，才使得夫妻之间经常狼烟四起、战火不断，最终让和睦变成了分离。

夫妻同心，相亲相爱，都是一个林子的鸟，依在一个窝里厮守一辈子。你唱我随，你情我愿，风来你挡，雨来我遮。你和我，甜蜜蜜。妻子撒娇是爱意，冷落丈夫的女人是不会在丈夫面前撒娇的。爱老婆的男人怕老婆，怕是谦让，是爱的凭证。

最理想的夫妻关系是亲密而带适当的疏离，坦诚中保留着一点隐秘。夫妻之间，如果能把对方当成自己最好的朋友，两个人的手就会握得更紧。夫妻长期相处的秘诀是，放弃改变对方的念头。夫妻好比同一把琴弦上的弦，他们在同一个旋律中颤动，音符各异，音韵和谐。

明·沈周·山水册页

【孝心·孝敬】

父母把你生到这个世界上，抚养你长大，这种恩情，我们应该时常铭记。请好好对自己的父母，不要做会让自己后悔的事，不要等到他们不在了，才懂得珍惜。那时，一切就再也来不及了。

百善孝为先，没有不是的爹娘，只有不孝的子孙。不孝敬父母，就丧失了起码的良心。

父母的“啰唆”其实是一种亲近，更是一种关心；他们给你打电话，就是想与你说说话，听听你熟悉的声音，这就是最朴实的心情，就是一种简单的满足。不要嫌弃父母重复的语言，不要急忙挂断他们的电话；父母的建议，也许不能起到什么现实的作用，可我们能否换一种适当的方式去回应呢？有些事，他们固然力不从心，但父母对你的疼爱，是谁也无法替代的，父母才是你生命中最伟大的人。

父母年老体衰，行动不便，做儿女的要常回家看看。父母病了，卧床不起，做儿女的要陪伴在身边，耐心照顾，尽好孝心，这也是做儿女的福分。

每个人都会老，父母比我们先老，我们要用角色互换的心情去照料他们，才会有耐心，才不会有怨言。当父母不能照顾自己的时候，为人子女要警醒，他们可能会大小便失禁，可能会很多事情做不好。如果房间有异味，也许连他们自己都闻不到，请不要嫌他脏、嫌他臭，做子女的要及时清理、耐心照顾，尽到你最本分的孝心。

孝敬父母什么最难？给父母好脸色最难。不要动不动对自己的亲人发火，动不动和自己的父母憋气。做儿女的，要学会倾听沟通，学会对父母微笑，学会和颜悦色。

其实，孝敬是一件很简单的事，不是你给父母寄钱回家就是孝顺，真正的孝顺是常回家看看。递上一杯热茶，陪他们聊聊天、散散心，让父母享受天伦之乐，这才是最好的行孝。行孝不能等，不要等父母老了才去行孝，更不要等父母不在了，才后悔没有行孝。

千里万里去烧香，不如在家敬爹娘，父母才是家中真正的佛。有人说“有再生的儿女，没有再生的父母”，这就是对“孝”最好的诠释。能够用孝心、孝敬、孝顺来要求自己的人，他的人生必定是丰满而富足的。

在生命的最后的时刻，人最放不下的是亲人，最割不断的是亲情。人生无常，每一天都有可能是最后一天，你不要等到将来再珍惜，该珍惜的东西现在就要珍惜，否则会追悔莫及。

如果有一天他们真的动不了了，为人子女要切记，你怎样对待父母，将来子女也会怎样对待你。孝顺不仅是物质上的，更多是精神上的。人人都会老，孝顺老人就是关爱自己的未来。

【善待·父母】

人在世的时候，要对父母好点，别让父母总是为你操心，父母不需要你挣多少钱，但他们很需要子女的陪伴，因为子女是父母最深的牵挂。

没事的时候要常回家看看父母，他们只需要你回家而已，别把时间都花费在娱乐上面，别让父母眼睛望穿了，却还看不到你们。

不管外面有多大的事情都要记得回家吃饭，别到了以后父母都走了，想和父母吃饭的机会也没有了。在父母生病的时候，你要多去关心他们，良药只能治身病，关爱才能暖心扉。

多问问父母最近好不好，告诉父母自己的状况，别让父母为你担心。别伤父母的心，在父母的有生之年里，多给他们一些快乐。

照片是时光最好的证明。至少要跟父母照一张相，以后，他们即使真的走了还有照片活在你的心里。所以，别等到你想和父母照相，父母却不在了，那该有多遗憾啊。

父母与子女的关系是血浓于水的亲情，还有哪种情会比父母对子女的情来得深厚？父母在世的时候，多留点笑容与安慰给父母，还有谁的恩情、谁的关怀可以大过父母？

即使全世界都抛弃了你，但你的父母永远不会。世界上，除了父母，没有人会无缘无故对你好。除了父母，又有多少人会为了你的病急得吃不下饭，睡不好觉，只有你开心了，父母才会开心。

父母对子女的爱是很单纯的，没有任何一个人的爱可以大过父母。多看父母两眼，在爸爸难过的时候，你不要说出来，男人的脆弱不习惯被任何人看出来，你只需要默默地陪着他；在妈妈难过的时候，你不要走开，让她在你的肩膀上哭；在父母吵架的时候，你不要不闻不问，你要去帮助他们解决问题。父母为你们付出了这么多，你难道不应该也为父母做点什么吗？

父母的爱，是你永远报不完的恩。好好生活，善待父母。如果有一天，生你养你的两个人都走了，那么你也就不会有遗憾了，因为在父母在世的时候，自己已经做了该做的。

清·恽寿平·花卉册页

【恩人·恩情】

恩人是你人生中的贵人，帮你走出困境，让你看到了未来的希望。

我们生活在感恩的氛围里，感恩父母的言传身教，感恩老师的谆谆教诲，感恩生命的伟大，感恩生活的美好，感恩大自然赋予生命的一切恩泽。

感谢那些绊倒你的人，他磨砺了你的意志；感谢那些欺骗了你的人，他提高了你的警觉。换个思维看问题，有种隐形的感恩会让你变得更强大。如果没有这种隐形的感恩，乘凉的人就会只看到大树，而不知道感恩栽树的人。

一对体貌反差很大的夫妻之所以能够白头偕老，一对学识上天差地远的夫妻之所以能够相伴终生，一对年轻时打打闹闹的夫妻进入老年后却忽然相敬如宾。在很大程度上，并非是他们之间的“爱情”有了多大发展，而是因为他们在长期相濡以沫的日常生活中，储存下了多少恩情。这种恩情，通常都不是来自夫妻幸运阶段的锦上添花，而是来自失意阶段的雪中送炭。

人生，要懂得恩情。恩情，不一定是大恩大德，而是一种生活态度，是一种善良的人性美。懂得了恩情，就懂得了落难时的舍命相救；懂得了恩情，就懂得了患病期间的精心服侍；懂得了恩情，就懂得了惨淡日子中的无怨无悔；懂得了恩情，就懂得了众叛亲离时的不离不弃。

半碗米养恩人，一斗米养仇人。一个人饥饿时，给他一碗米，那就是救命之恩，他会感激不尽。但是，如果你继续给他米，他会觉得理所当然，一碗不够，两碗不够，三斗四斗还不够，他没有知足的时候。你不再给米了，就立马变成仇人。贪婪的人永远不知道满足，更何谈感恩和回报。

报恩是对生活的态度，常怀感恩之心，知恩图报，无愧于心。常怀一颗感恩的心，感恩每一位引导我们的人，记住每一位帮助过我们的人。

感恩父母，父母的呻吟就是你的痛苦；感恩社会，你就会轻轻地扶起跌倒在地的老人；感恩生命，你将傲对狂风暴雨，笑迎天边那一抹彩霞。

清・石涛・山水册页

【男人·女人】

爱美是女人的天性，化妆是为了让自己变得更漂亮；追求完美是男人的共性，撒谎是为了掩饰自己的不足。漂亮的女人，一般化妆有一手；追求完美的男人，大多撒谎有一套。

女人用化妆来打扮自己，男人用撒谎来伪装自己。

男人最爱在女人面前表现自己的热情大方和炫耀自己的聪明才智，女人最爱在男人面前展示自己的美貌倩影和流露自己的温柔贤淑。美丽的女人让男人掏钱，智慧的女人让男人掏心。

男人坚持单身，是因为找不到对象，再怎么伪装都不完美；女人坚持单身，是因为找不到好对象，她不想用谎言欺骗自己。男人坚持独身的时候，人们会误以为他有事业心；女人一直坚持独身，人们会以为她哪里有毛病。

男人只有穷一次，才知道哪个女人最爱你；女人只有丑一次，才知道哪个男人不会离开你；人只有落魄一次，才知道谁最真，谁最在乎你。

女人最大的资本不是漂亮，而是有教养。女人的魅力不在于长得多漂亮，而是有温柔善良的性格和一颗宽容的心。美丽的女人会让男人风光一时，智慧的女人会让男人风光一世。男人的魅力不在于有多少钱，长得有多帅，而是遇事有多大的担当。

女人犯的最大的错误，就是将男人限制死，最后还抱怨男人没出息。没有魅力的女人才说男人花心；没有能力的男人才说女人现实。女人是可以美丽一生的，不是她的容颜与身体阻碍了她的美丽，而是她的智慧和气质在延续她的美丽。

男人给女人最温暖的两个字是“我在”，女人能给予男人最体贴的两个字是“我懂”。女人的幸福在于他真的爱我，男人的幸福在于她值得我爱。

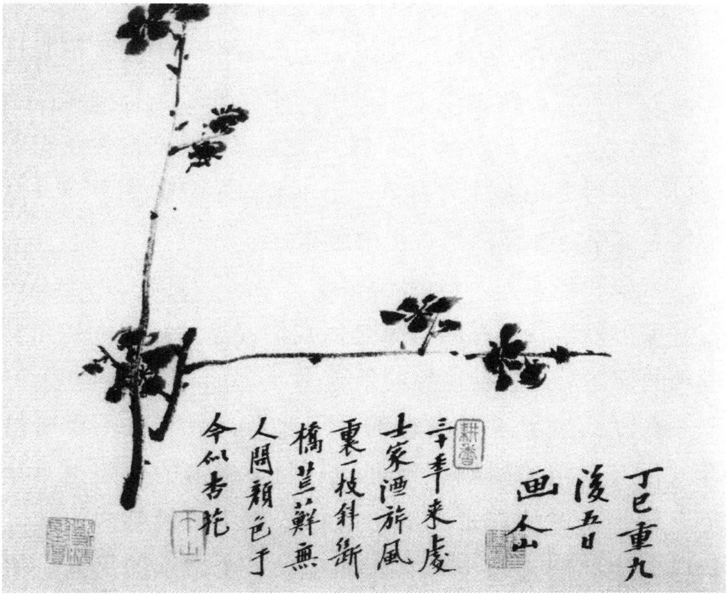

明 · 朱耷 · 花卉册页

【家庭·婚姻】

婚姻的一半是缘分，一半是执着；家庭的一半是依恋，一半是责任。

婚姻是夫妻共同经营的，家是夫妻编织梦想和酸甜苦辣的窝。相爱一辈子，争吵一辈子，忍耐一辈子，凑合一辈子，这就是婚姻。

人，总要有一个遮风避雨的家；心，总要有一个休憩停靠的岸。家是一座充满爱的房子，即便豪华也不失温情；即便简朴也不失憧憬。房子里应该充满欢声笑语，充满和谐温馨，可以磕磕碰碰，不可以冷冷冰冰。

丈夫是左手，妻子是右手，左手摸着右手往往找不到感觉。而当有一天，左手流血了，右手一定会去帮着止血；当有一天，左手痒了，右手一定会伸过去挠挠痒；当有一天，左手提东西累了，右手一定会换过来帮你负担。所以，不用去嫌弃你的右手，更不要看不起你的左手，左手握着右手，才能活出人生的滋味。

家要和睦亲和，自由不强制，关心不冷漠，包容不计较。家可以给我们温暖，家是供我们停靠的港湾，是儿女成长的摇篮，是精神世界的乐园。

在爱的世界里，没有谁对不起谁，只有谁不懂珍惜谁。没有爱情的婚姻不稳定，只剩下爱情的婚姻也不稳定。最长久的情，是平淡中的相依相伴；最贴心的暖，是风雨中的同舟共济。女人都想找一个出众的男人，男人都想找一个出色的女人。其实，不满足才是婚姻永恒的遗憾。

婚姻中的爱，犹如一台钢琴，遇到一个名家来弹，奏出来的是一支名曲；遇到一个乐手来弹，也许会奏出一支流行曲；如果碰到不懂得怎样弹琴的人，恐怕就曲不搭调了。感觉不到痛苦的爱情不是真正的爱情，感觉不到幸福的婚姻不是真正的婚姻。别在婚姻中老盯着别人的锅盖，要知道每家的锅底都是黑的。

婚姻就像一桌酒席，爱是一道主菜，宽容、理解、信任、尊重，就是一道道配菜，欣赏、祝福、幽默、趣味，就是一杯杯酒水。天下没有不散的宴席，真正的婚姻就是宴席后平平淡淡的生活。

家不图荣华富贵，只图永久的陪伴。婚姻不是殿堂里的鲜花，而是不离不弃的相依。家，需要夫妻共同维护，共同承担，共同分享。

【婚姻·宝藏】

有人说，婚姻是爱情的坟墓，其实也并非如此。爱情像左手，婚姻像右手，爱情不是荣华富贵，而是相濡以沫。婚姻也不是坟墓，而是爱情的归宿。婚姻是开采不完的宝藏，那里有取之不尽的财富。婚姻的最高境界就是激情不再，感情永驻。相爱有巨大的潜力，相守才是执着的开采。

婚姻就是个杯子，提供一个容器，把男人和女人放在一起，依靠相互的渗透，让本来很苦的生活散发出香味来。美好的婚姻，是通过造就对方来成就自己，而不是通过消耗对方来满足自己。娶一个美女，不算本事，让妻子变得美丽自信，才是一个男人的本事。嫁一个成功的男人，说明这个女人找到了宝藏，帮助自己的男人越来越成功，证明这个女人本身也是宝藏。

夫妻之间最可怕的关系，就是一方在前进，一方在原地踏步，当自己的老公飞得太快时，你不要窃喜，而是应该有危机感，如果你不想落后，就要想法及时跟上他的节奏。

爱情的亮点体现在两个方面：一是找到了你爱的人，一是找到了爱你的人。婚姻没有固定模式，谁做坚硬的牙齿和谁当柔软的嘴唇都不重要。婚姻里最重要的，是两个人相依相守，互相给予，一辈子都唇齿相依。婚姻的成功也必须做到两点：一是找个好人，一是自己也得做个好人。

婚姻其实就这么真实。男人虽爱美人，但不一定会娶她，到最后，男人娶的都是适合做老婆的；女人虽然爱钱，但不一定会嫁给富人，到最后，嫁的都是待她好的。

婚姻的宝藏，是需要夫妻两人共同开发的。在婚姻生活中，有错道个歉，有得道个谢；多一些爱护，少一些袒护；多一些谅解，少一些误解；多一些扶持，少一些指使。

爱一个人，从关心开始，从接受出发，从包容学起，从付出中要结果。她美了，你乐了；他进步了，你更加富有。

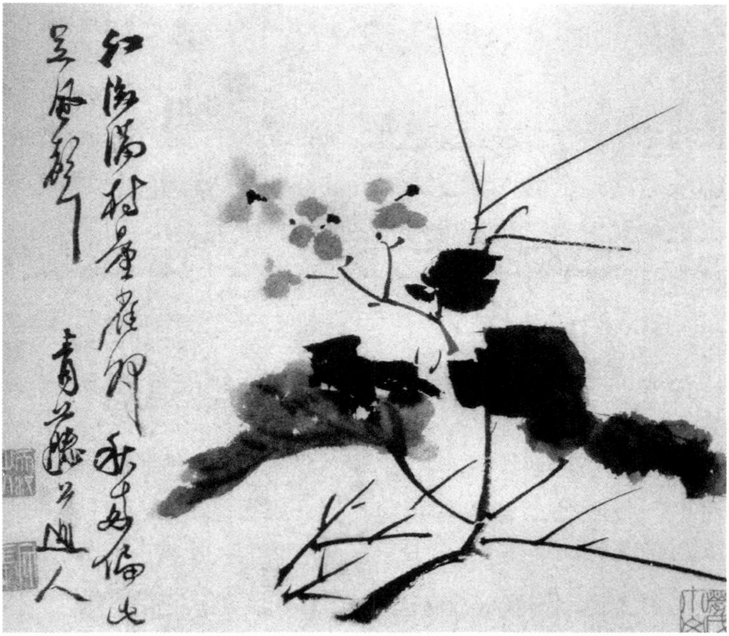

明・徐渭・花果写生册页

【男女·心语】

女人说，爱情是渴望，结婚是希望，离婚是绝望；男人说，爱情是追求，结婚是需求，离婚是渴求。

女人说，不怕男人闹心，就怕男人变心；男人说，不怕女人浅薄，就怕女人轻浮。

女人说，恋爱讲究的是吸引力，婚姻讲究的是能力，过日子讲究的是忍耐力；男人说，事业不能没动力，家庭需要凝聚力，爱情要有持久力。

女人说，恋爱是相互琢磨，结婚是相互打磨，离婚是相互折磨；男人说，爱情是相互接受，结婚是相互承受，离婚是都不好受。

男人说，一个女人的气质是书香熏陶出来的，一个女人的灵性是音乐浸染出来的，一个女人的智慧是环境打造出来的，一个女人的美是投资时间和金钱保养出来的；女人说，女人的温柔是男人疼出来的，女人的快乐是男人暖出来的，女人的娇媚是男人惯出来的。

男人说，女人家没出息，一吵架不是哭哭啼啼，就是回娘家；女人说，男人家没本事，一吵架不是甩门而去，就是喝闷酒。

男人说，老婆像彩电多好，平时不开就闲着，想看的时候，爱看什么看什么；女人说，老公像跑车多好，平时不用不会乱跑，要跑的时候，想跑多远跑多远。

男人说，婚姻美满笑一笑；女人说，儿女孝顺笑一笑。男人说，事业成功笑一笑；女人说，家庭和睦笑一笑。

女人说，爱情是轻音乐；男人说，事业是进行曲。女人说，家庭是交响乐；男人说，奋斗是摇滚乐。

女人说，女人一成不变，男人一定会变；男人说，女人最可悲的，不是年华老去，而是迷失自我。

明・沈周・山水册页

【情分·珍惜】

放弃一个人，一定是失望过；珍惜一个人，一定是感动过。最难的是相知，最苦的是等待，最美的是幸福，懂得珍惜，才配拥有。别等有空再珍惜，一旦错过来不及。

情与情之间，要两情相悦，才美好；心与心之间，要心心相印，才完美；人与人之间，要真诚相待，才舒心。一草一木逢春发，一枝一叶皆关情；情分是一种缘分，需要好好地珍惜。若有缘，情分自来；若无缘，求也无用。

爱人是路，朋友是树。有钱的时候莫忘路，缺钱的时候靠靠树；幸福的时候别迷路，休息的时候浇浇树。爱一个人不一定要拥有，但拥有了就一定要珍惜，不要等到伤害过后才去乞求原谅，不要等到失去的时候再去挽回，不是所有的对不起都能换来没关系。

找到一个爱你的人，要知福惜福，好好珍惜，多说关怀的话，少说责怪的话。如果你懂得了珍惜，你会发现你获得的会越来越多；如果你一味追求，你会发现你失去的会越来越快。

在爱的世界里，没有谁对不起谁，只有谁不懂得珍惜谁。应该珍惜的不仅是对方，还有自己的感情。吵架后先道歉的人，不是因为有错，而是懂得珍惜；主动关心你，不是别有所图，而是心里有你。爱情适合就好，不要相信完美的爱情，虽然彼此都有缺点，但有一种纯朴的爱就足够了。其实有幸福感的人，不一定是得到了世上最好的东西，而是珍惜了身边的那个人。真正的感情，不是海枯石烂的甜言蜜语，而是在穷困潦倒时随你颠沛流离。

再好的东西，都有失去的一天；再深的记忆，也有淡忘的一天；再爱的人，也有远走的一天；再美的梦，也有苏醒的一天。该放弃的决不挽留，该珍惜的决不放手。珍惜和放弃就在一念之间，只有一只鞋子的时候，才会明白失去另一只鞋子的滋味。消失的恋情，难免是刻骨铭心的，珍惜生命中曾经拥有的。

两个有情人走到一起实不容易，有的要面对流言蜚语，有的要面对众叛亲离，有的要面对世俗压力，甚至要面对生死抉择。但不管怎么样，只要懂得珍惜，两个人的生活就是希望，两个人的世界就是天堂。

清·石涛·山水册页

【爱情·缘分】

一个男人，把心给你了，把家给你了，把钱包给你了，把他能扛起的一切，全部都给了你；一个女人，把爱给你了，把生命给你了，把妒忌、生气、吃醋等各种小情绪都给了你，把她心里能装载的一切都给了你。这就是爱情，这就是缘分。

爱情，是干渴时的一杯水，是饥饿时的一碗面，是寒冷时的一件衣；爱是寂寞时的陪伴，是无助时的支撑，是伤心时的相拥。眼里有你，不如心里有你；常常说我爱你，不如大事小事帮衬你。爱不是一天的事，而是一生的事，大声表白不如暗自关怀，能检验真心的，只有时间。

心与心之间，就是一种交流；爱与爱之间，就是一种交织；情与情之间，就是一种交融；人与人之间，就是一种缘分。

有一种爱，明明是深爱，却表达不完美；有一种恨，明知道要放弃，却不甘心就此离开；有一种磨难，明知是煎熬，却又躲不掉；有一种失望，明知前面没有路，心却收不回来。爱，就是要学会包容，学会欣赏，长长久久，好好珍惜。女人的幸福在于他真的爱我，男人的幸福在于她值得我爱。爱情在于你知我知，彼此默契，一个眼神，胜过千言万语。

送喜欢的女人回家，去哪里都顺路；送不喜欢的女人回家，去哪里都是借口。其实真正的爱情，不是知道对方有多好才在一起，而是明知道对方不好，也舍不得离开。

一个人最大的幸福不是被爱，而是具备了被爱的资本。喝醉了你才知道最爱谁，生病了才知道谁最爱你。

一见钟情，全靠缘分，感情深深，全靠耕耘。心，只有一颗，不要装得太多；路，只有一条，不要走的太急。走远了，只是云烟；留下的，才是情缘。

路，没有错，错的只是选择；爱，没有错，错的只是缘分。无论何地，一路风景总无限；无论何时，灿烂的年华总会盛开。无论何时何地，真正的爱情就会长久，相信自己，兑现曾经的承诺。

你不是最好的，但我只爱你。没有一份爱是完美的，也没有一份感情是毫无瑕疵的。爱情与爱人，只能是真真切切的。来得热烈，未必守得长久；爱得平淡，未必无情无义，也能天长地久。有些道理，总要在碰得鼻青脸肿才会明白；有些情感，总要到无法挽回才去珍惜。

千万不要因为别人的眼光而改变了自己的挚爱，莫要活在别人的眼光里而失去了自己。

【呵护·体贴】

女人需要呵护，男人需要体贴。真正的爱是不言回报的付出。女人为男人付出，也是为自己付出，因为在为丈夫付出一切的同时，已经体现了自身的价值。

体贴丈夫，是给他一块垫脚石，让他跨越路途中的障碍；体贴丈夫，是给他一把伞，为他遮风挡雨；体贴丈夫，是给他一份同情，多给他一点怜悯，多给他一些温暖。

男人的朝气有很多是从女人身上焕发的。没有女人的温柔体贴，男人就不可能如沐春风，精神抖擞。妻子不仅要看到丈夫坚强的一面，更要体谅他脆弱的一面。当丈夫遇到挫折时，千万不要责难，因为在这时，他最需要的是宽慰和鼓励。当丈夫心力交瘁的时候，你要用柔情滋润他，增添他的信心与活力。一个女人最大的不幸就是聪明得什么都懂，如果身为一个女人很聪明，她会很可怜。

妻子不是修女，更不是天上的仙女，同样需要丈夫的呵护。男人要成为妻子一辈子的拐杖，一辈子的依靠，一辈子的后盾，呵护妻子，是男人天经地义的事。

既然相爱就别再为难对方，别挑剔对方，别指责对方，傻傻地一路相伴就够了。暖心的话不要太多，一句体贴就足够；真心的情不要冷漠，用心呵护就很好。永远不要对爱人说重话，其实每个人需要的都不多，只不过是一份贴心的关怀，一份真诚的呵护。

幸福的家庭需要夫妻共同维护，体贴丈夫需要妻子的贤惠温情，呵护妻子更需要丈夫的相依相伴。成就丈夫就是成就自己，善待妻子也就是善待自己。

【遗憾·沟通】

千家万户各不同，家家有本难念的经。子女在父母身边，有事没事拉拉呱，家长里短聊聊天，常逗父母开开心，就是最好的沟通。

游子在外，情系父母，有钱就寄钱，没钱打电话，问个长，道个短，沟通无极限，感恩之情，溢于言表。恋人之间，谈情说爱，甜言蜜语，两心相通。一旦闹别扭，就出现隔阂，而消除隔阂的唯一秘方就是沟通。

当爱情到来时，该把握的机会没把握，该珍惜的感情没珍惜，留下的遗憾，将陪你到永远。恋爱中的的男女，不妨多留意一下，对方在气急败坏时对你所说过的话，毕竟气话就是失控时的真话，这种思维方式有助于更好地认清自己。不冷不热，在自然界是让人最舒服的温度，但是在感情界，却是最让人痛苦的煎熬。

有的人，与你吵来吵去，却不曾真正地怪罪你；有的人，连争吵都没有，却已经消失在人海。原来，冷漠比争吵更可怕。不管遇见什么人，真诚才能走进心里；无论碰到什么事，善良永远不过期。美丽的外表也许会吸引别人，但只有真诚的内心才能感动别人；强势的语气也许会让人口服，但善良的行动更会让人心服。懂包容、懂尊重、懂让步，不丢根本，不忘初衷，一个人才能走得从容，站得稳定。

与老人沟通，不要忘了他的尊严；与男人沟通，不要刺破他的面子；与女人沟通，不要破坏她的情绪；与上级沟通，不要挑战他的威严；与年轻人沟通，不要打乱他的直接；与儿童沟通，不要涂鸦他的天真。一种态度走天下，必然处处碰壁，留下遗憾；因地制宜，多怀感恩心，才能四海通达。

世间之情，贵在沟通，人之常情，理解包容，不留遗憾。最凄凉的亲情是冷漠，最残忍的爱情是猜疑，最虚伪的友情是利用，最冷酷的拒绝是沉默。不会选择，有点遗憾；选择不当，非常遗憾；拒绝选择，终身遗憾；收获爱情，一生无憾。

清・高其佩・人物册页

【朋友·友情】

友情是一种最纯洁、最高尚、最朴实的感情。风雨路上想朋友，坎坷人生知友情。

友情是你一生不可或缺的宝贵财富。一个人身份的高低，是由他周围的朋友决定的，朋友越多，意味着你的价值越高，对你的事业帮助越大。

真正的友情，不只是给对方留下美好的印象，而是对方认识你很多年后，仍喜欢和你在一起；真正的友情，不只是瞬间吸引对方的目光，而是对方熟悉你后依然欣赏你；真正的友情，不只是初次见面就有相见恨晚的感觉，而是历尽沧桑后发出“认识你真好”的心里话。

主动买单的人，不是因为钱太多，而是把友情看得比金钱重要；合作时愿意让利的人，不是因为笨，而是知道朋友应该有福同享；愿意帮你的人，不是欠你什么，而是把你当真朋友。功利化地交友，会让友情的浓度越来越低。当友情成为炫耀身份的资本时，你就会明白，为何有些人身边的朋友那么多，却总是感到孤独。检验两只鸡的友谊，要等在这两只鸡面前出现一条虫的时候。

不怕别人在背后捅你一刀，就怕回头后看到，背后捅你的人，原来是你用心对待的人；不怕把心里话告诉最好的朋友，就怕回过头时，他把你的实话当作笑话来取悦别人。

友情如槟榔，越嚼越有味。真正的友情不需要符号标记，就像彼此的心照不宣，一个眼神，一句问候，一个拥抱，大家都懂了。真挚的友情，是明媚的阳光，为你洒落一地，是艳丽的鲜花，为你盛开道旁。

朋友不是玻璃做的，许多人总是把朋友当作玻璃，小心翼翼地怕碰坏了。有时候，明明对朋友很不满，却不敢表达出来，害怕一旦表达不满，就会发生冲突；一旦发生冲突，就会伤害感情；一旦伤害感情，就会失去这个朋友。真正的朋友不是玻璃做的，如果朋友真的像玻璃一样不许你碰，这样的朋友破了就破了吧。

朋友是心有灵犀的默契，是苦乐荣辱时的相伴，是茫然无措时的相助，是永藏心底的牵挂。不用开口就帮你的是贴心朋友；只要你开口就帮你的是仗义的朋友；你开口后答应帮你，最后却没帮你的是不负责任的酒肉朋友；非但不帮你，还踩你一脚的是垃圾朋友。

帮过你的人不要忘，爱过你的人不要恨，信任你的人不要骗。真挚的友情，绝不会因为不常联系而轻易地消失。珍惜身边有麻烦找你的朋友，也感谢你曾经麻烦过的朋友。

学习篇

学习是知道别人怎么做，思考是知道自己该怎么做。

【学习·意义】

学习能使我们学到更多的知识，用知识充实自己，用知识武装头脑，用知识探索真理，这就是知识的力量。

学习能改变命运，学习能成就未来。你学到的知识，就是你拥有的武器。人的一生有两件蠢事不能干，一是拒绝学习而忽视了灵魂，二是拒绝锻炼而失去了健康。

个人因学习而成长，民族因学习而进步，政党因学习而强大，国家因学习而富强。一个重视学习的民族，才能产生伟大的思想；一个重视学习的政党，才能与时俱进，跟上时代的步伐；一个重视学习的国家，才能在复杂的国际形势中掌握主动的话语权。

一个人可以没有文凭，但不能没有知识；学习不一定是上大学的殿堂，生活中到处是你学习的课堂。如果你不想在走路中学习，就得在学习中奔跑。

知识如明灯，即使黑夜行路，心里也亮堂；即使前途迷茫，也能感到希望。学习会给人一个做梦的机会，会给梦指明一个方向，会给梦留一条路。只有不断加强学习，视野才能得到开阔，品德才能得到锤炼，能力才能得到提升。

学习虽不能改变人生的起点，但可以改变人生的终点。一个不重视学习的社会是人文精神缺失的社会，一个人文精神缺失的社会是病态的社会；一个不重视学习的民族是创造力贫乏的民族，一个创造力贫乏的民族是没有希望的民族。

【学习·兴趣】

哪里没有兴趣，哪里就没有记忆，兴趣是最好的老师。没有兴趣，再美的鲜花也没有色彩，再甜的水果也索然无味；有了兴趣才会有学习的动力，自然会事半功倍，越学越好。

学习兴趣是在压力中培养的。时代进步的速度越来越快，知识文化的积累越来越多，要跟上时代步伐，引领时代发展，就必须不断学习。

学习兴趣是在动力中培养的。学习可以让你上知天文，下知地理，更重要的是学习可以改变命运。

学习兴趣是在习惯中培养的。良好的学习习惯是提高学习质量的重要因素，枕边常放一本书，睡前看一看；包里常放一本书，闲来翻一翻；兜里常揣一个本，有了灵感写一写；脑中常画一问号，遇到事情想一想。学习成习惯，习惯成自然。当兴趣成了习惯，学习的兴趣就真正形成了。

理想和愿望是你学习的动力，它们可以激起你学习的兴趣。有人从放牛娃成长为作家，获得文学大奖，有人弃医从文，成了世界级的大文豪，就是因为对文学有着浓厚的兴趣，在放弃和追求之间，他们找到了学习成功的道路。

兴趣是你忠实的伙伴。有了学习的兴趣，你学习时就不会再感到孤独了。

【学习·时间】

时间是公平的，不会给谁多一点；时间也是自私的，它往往用成功来馈赠那些爱学习的人。

时间，抓起了就是黄金，虚度了就是流水；书看过，领悟了就是知识，没领悟就是废纸。

勤奋者，抓紧时间，深怕它从指间溜走；懒惰者，消磨时间，担心它与忙碌同行；无为者，浪费时间，盼望它与幸运相伴；求知者，利用时间，一分一秒掐着算；无知者，荒废时间，一天一天撕日历。

时间掌握在自己手中，要善于掌控时间，做时间的主人。如果浪费了时间，在暂时的安逸之后，时间会把长久的悔恨和痛苦还赠给你；如果合理利用时间，分秒必争，时间就会携带成功的快乐迎接你。

在生意人的眼里，时间就是商机，抢先一步，你就是商海的弄潮儿；在军事家的眼里，时间就是战机，出其不意，你就是旌旗猎猎的凯旋者。

最严重的浪费不是舌尖上的浪费，而是时间的浪费。因为前者浪费的是填饱肚子的食物，而后者浪费的是孕育成功的土壤。

学习所带来的痛苦是暂时的，不学习所带来的遗憾是终身的。自来水是压出来的，时间是挤出来的。谁对时间越吝啬，时间就对谁越慷慨。

以积极进取之心求学，以时不我待之感读书，以只争朝夕的忧患意识长本领，领悟人生的真谛，体会人生的价值，实现人生的追求。从梦里醒来就要开始学习，只有学习才会让你梦想成真。

明·王鉴·仿古册页

【学习·态度】

端正学习态度很重要，你用什么样的态度对待学习，学习就用什么样的成绩来回报你。明天的文盲将会是那些不会主动寻求新知识的人。

一个人要思想里少一点盲点，多一点观点；肚子里少一点酒水，多一点墨水；眼睛里少一点资本，多一点书本；笔记里少一点条理，多一点哲理。

有的人以工作忙、没时间为借口，逃避学习；有的人以内容不重要、用不上为理由，忽略学习；有的人以学不通、悟不透为说明，敷衍学习；有的人以学得差不多、感觉还不错为成绩，放松学习。没有一股钻劲，谁会瞬间奉送你一个丰收；没有一股拼劲，成功的喜悦总是与你失之交臂。

不要抄近道，否则会白跑；不要绕远道，否则会迟到；不要只想要，付出不能少；不要急着要，一定要戒躁；不要求回报，该到自然到；不要急得到，心静便无恼；不要怕人笑，看谁笑到老；不要装知道，不懂就请教。

有的人，碌碌无为不爱学，装点门面不真学，急功近利不想学，认为年龄过大不好学，底子太薄不会学，条件艰苦不愿学，文凭到手不用学，知识够用不必学。所有这些不热爱学习，不主动寻求新知识的人，都将会成为未来社会新型的文盲。

春天不是学习天，夏日炎炎正好眠，秋有蚊虫冬怕冷，整理书包待明年，一个不愿学习的人，总能找到种种理由来解释疏于学习的原因。

学习的态度决定学习的心态和方向，学习只有开始和过程，没有结束，直到你永远地“离开”。

明・王鉴・仿古册页

【学习·方法】

做人要知足，做事要知不足，做学问要不知足。学习，一凭勤奋和毅力，二靠规律和方法。凭勤奋和毅力可以水滴石穿，靠规律和方法能够事半而功倍，注重学习的方法才是王牌。

学习要懂得选择。要像沙漏一样学习，进去多少，流出多少，头脑中毫无痕迹，不是真学；像海绵一样学习，全盘吸收，挤出来原封不动，甚至还脏了些，也不是真学；像滤豆浆的布袋一样学习，豆浆流出来，留在里边的全是渣，更不是真学；只有像开采宝石的工匠一样学习，淘汰矿渣，只拣纯净的宝石，才是真正的学习。

腾不出时间学习的人，迟早会腾出时间来悲伤；腾不出时间思考的人，迟早会腾出时间来后悔。学习要懂得思考，学习不思考，等于吃饭不消化。学习是知道别人怎么做，思考是知道自己该怎么做。学习的力量是万能资源，思考的力量是万能的资本。

勤用脑则智，懒用脑则愚，多练艺则精，多思脑则灵。要把零散的东西变为系统的，孤立的东西变为联系的，粗浅的东西变为精深的，感性的东西变为理性的。

学习要懂得吸收。如牛吃草，先大口大口吃，然后将咽下去的草一点一点返回嘴里，细细咀嚼品味，以利吸收；如春蚕吞桑，吃一点是一点，细嚼慢咽，而后吐出丝来；如鸡刨食，边刨边看边吃，有时候还啄些石子进胃里以助消化。

学习要懂得拜师。以经典为师，博古通今，修身养性；以生活为师，人情练达，世事洞明；以高人为师，学人之长，补己之短。

学习要懂得转化。学习的成果转化为工作的动力，工作的动力转化为学习的绩效。在学习中思考，在思考中工作，在工作中总结，在总结中提高，达到交融互动转化的效果。

清・高其佩・人物册页

【学习·观念】

观念是人的意识形态，有好的学习观念，才有取之不尽、用之不竭的动力。一个人的未来是由知识、能力、态度决定的。知识可以通过学习来获得，能力可以在实践中增长，而观念则由习惯来养成。

破除要我学的旧观念，树立我要学的新观念；破除少小求学老大难的旧观念，树立活到老学到老的新观念；破除工作与学习相矛盾的旧观念，树立学习就是工作的新观念；破除一技之长养活一辈子的旧观念，树立多能型全面发展的新观念；破除文凭就是铁饭碗的旧观念，树立有了文凭更有水平的新观念。

也许你衣食无忧，但当你的世界只剩下物质的时候，你内心的苍白也许只有通过学习来填补。“文化水平低，学也学不好”不是一种缺陷，而是一个借口；“不用学理论，照样干工作”不是一种能力，而是一种无知；如果学习观念有偏差，就会有交不完的学费，摆不脱的缺憾，走不出的低谷，绕不过的弯路，脱不出的怪圈。

要想取得成功，就必须不断提高自己；要想精神丰富，就必须更新观念。不在学习中爆发，就在愚昧中平庸。

【学习·读书】

读书是学习的一种途径，但读书不是学习的全部。学习可以从读书中提高，但不能完全依赖于读书。读书明理，学习增智，读书能增长人的知识，学习能增长人的才干。

书读多了，连相貌都会发生变化。许多时候，也许你以为许多看过的书籍都成了过眼烟云，不复记忆，其实，它存在于你潜在的气质里，在日常的谈吐中，也可能表现在你的生活与文字中。你跑过的路从来不会欺骗你，它们沉淀在你的精气神中，你的改变，自己往往觉察不出来，但周围的人都可以感受到。

读书不能改变人生的长度，但它可以改变人生的宽度。要多读书，读好书，在读书中领悟，在领悟中升华，始终保持积极向上、情趣高雅、奋发有为的生活常态。

读好书，好书是一团火，可以融化愚蠢的冰块；好书是一杯水，可以滋润干瘪的思维；好书是一束光，可以照亮心灵的黑暗。抱着好书不读，就像拿着彩票却不知中奖，终究与大奖擦肩而过，成为财富最熟悉的陌生人。

好读书，读书能拓展知识，蜂采百花酿甜蜜，人读群书明真理；读书能陶冶情操，读律看书四十年，乌纱头上有青天；读书能使人明智，鸟欲高飞先振翅，人求智慧先读书。书籍备而不读，就像饥饿的人扑在面包上却张不开嘴，终究与精神之粮失之交臂，成为智慧最有缘的过路人。

书读好，在书籍中品味知识的博大精深，在书籍中培养修养的文雅得体，在书籍中开拓视野看大千世界，在书籍中学做人处事的方法道理。揣着才能的钥匙，却找不到成功的锁，终究被成功拒之门外，成为失败最亲的同路人。

明·髡残·山水册页

【学习·滋味】

学习的滋味是酸的。重重的书本压在双肩，好像永远也读不完；老师的教诲常在耳边，好像永远也听不完；大大的黑板写满知识，好像永远也学不完；每天的作业种类繁多，好像永远也做不完。学习虽是酸酸的，但学习的过程是充实的。

学习的滋味是甜的。学习获得了老师传授的知识，心里感到充实；获得了众人的肯定和欣赏，赢得了鲜花和荣誉；体味到学习的苦尽甘来，丰富了平淡的生活。学习的滋味，像五彩的棒棒糖一样，甜得有滋有味。

学习的滋味是苦的。做的题越来越难，越来越多，压迫感越来越强。面对日益艰难的学习路程，唯有努力克服困难，踏踏实实，勇敢面对，才能立于不败之地。学习的苦滋味，磨炼着坚强的意志。

学习的滋味，犹如一杯清茶，细细品茗，苦中带甜；学习的滋味，犹如一杯鸡尾酒，酸酸甜甜，令人回味无穷；学习的滋味，犹如一支笔，蘸上点颜料，画出美好的彩虹，一起展望未来。

【学习·虚心】

人生求学要做到，虚心好学，不耻下问；海纳百川，兼收并蓄；持之以恒，循序渐进。

一只放出去的风筝，当然飘得愈高愈精彩，可是它却听命于线绳，因为还是希望它能回到地上。一只奔跑着的烈马，当然跑得愈快愈威风，可是它却受制于缰绳，因为还希望能够悬崖勒马。

虚心的人用文凭来鞭策自己，心虚的人用文凭来炫耀自己。做学问也是一样，要学会虚心，要知道自己的分量，方能达到新的高度。只有空杯子才能盛满水，只有虚心的人才能学到更多的东西。

谦虚是品德，更是学习的法宝。探求靠专心，长进靠恒心，求教靠虚心。

人与人之间的能力有大小之分，水平有高低之别，一个人的力量总是渺小的，所能知道的也很有限，总有比自己在某些方面强的人，总会有自己不懂的事，那就必须虚心求教。

【学习·积累】

知识不是曹操，说来就能来。天才在于学习，知识在于积累，知识就像无边的海洋，点滴积累也只不过是汇聚成溪，我们每天所学的只不过是沧海一粟，所以我们要不断地学习，不断地积累，不断地向大海靠近。

学习没有捷径，学习是一个积累的过程，不要总想着一步登天。想要比别人更优秀，就必须比别人付出得更多。努力了不一定会有很好的收获，但不努力一定“颗粒无收”。

一位懂得生活的人，一定是勤于积累的人；一位工作成绩出色的人，肯定是善于积累的人。积累如春起之苗，不见其增日有所长；辍学如磨刀之石，不见其损日有所亏。知识就是积累起来的，经验也是积累起来的。我们对什么事情都不应该像“过眼云烟”，而应该是“雁过留痕”。

学习资料常积累，梳理归纳常练笔，报纸杂志常投稿，遇到困难常请教，文章读后有体会，经验学后有创新，讲话听后有感悟，灵感来时有记录。

没有积累的量变，怎会产生学习的质变。如果不深入到学习中去积累与思考，成功的路子是不会长远的。

【怀疑·学问】

在学习中，不把学到的东西用问号过滤成自己的书名号，就会变成别人的省略号。会说话的八哥永远只会重复别人的话。

学问，学问，一学二问，不学不问是愚人；学问，学问，边学边问，只学不问是庸才。

一切有成就者，都是脑子里装满了问号的人。敢于提问，善于提问，是一切善于学习的人共同的特点。敢于怀疑，才能正确面对一切事物的是是非非，才具备做学问的前提条件。

怀疑，就是打破砂锅问到底，还问锅渣在哪里；怀疑，就是破釜沉舟时，不忘再砸一棒；怀疑，就是大胆地假设，小心地求证。

没有怀疑，就没有真相，道听途说和人云亦云只是粗浅的认识，是被动的接受。学习不懂得怀疑，就像吃着毒大米，还以为在补充大脑营养，提高记忆力；学习不懂得怀疑，就像遇人不会识人，把强盗当兄弟，把坏书当宝典。其实怀疑也是为了肯定，因为当所有怀疑都被验证为否定时，剩下的就是绝对的肯定。

学习贵在疑，把所有值得怀疑的大门开过一遍，贴上封条，留下的就是通往真理的大门。

【学习·快乐】

学习是个由不知到知，由知之不多到知之较多，由肤浅到深刻的发展过程，它是无数快乐的累积。

当你获得知识的时候，你是快乐的；当你追求成功的时候，你是快乐的；当你体验到追求的艰辛而磨炼了意志的时候，你也是快乐的。学习优异，可以冲刺更高的目标，你该快乐；学习平平，有更大的空间可以提升，你该快乐；学习落后，你有很强大的反冲力，你的自信会产生快乐。学习者是美丽的，那美更是快乐的。

学习的快乐，犹如驾船在知识的海洋中遨游，抬起头来望一望，那美丽的风景会让你忘记劳累，让你霎时心旷神怡，让你忍不住紧握双桨，快乐地往前划。

学习是一种快乐，一种探索未知世界，获取真知的快乐；一种沐浴书香，充实心灵的快乐；一种努力奋斗，实现梦想的快乐。

学习是一种快乐，一种陶冶情操，修身养性的快乐；一种接受知识灌溉，体验人生真谛的快乐；一种培养兴趣，生活丰富多彩的快乐。

学习是一种快乐，一种增长知识和才干，独立面对生活的快乐；一种提高思想素养，开阔视野的快乐；一种超越自我，勇往直前的快乐。

【学习·境界】

学习要有“与其满身珠宝，不如满脑学问”那样的追求，不用利益的俗气污染书本的香气。

学习要有“白天找不到黑夜找，秋天做不完冬天做”的韧度，下真功夫、苦功夫、细功夫，即使是饿其体肤也不怕，空乏其身也无悔。

学习要有“渔网出水，只留干货”的态度，不为装门面弄虚作假，不为图虚名装模作样。莫学蜻蜓点水过，要做秤砣水下沉，学习要沉下心来，要有燕子垒窝的恒劲、蚂蚁啃骨头的韧劲和老牛爬坡的拼劲。

把学习作为立身做人的第一需要，提升人格品位的第一要务。学以立德，学以修身，学以励志。在学习中坚定理想信念，提高政治素养，锻炼道德操守。

学习要达到三种境界。学习要站得高，看得远，选准方向，不随波逐流，能“独上高楼”耐住寂寞；要热爱学习，不怕吃苦，具有“朝闻道、夕可死”的探索精神和追求真理的献身精神；在经过众里寻他千百度的艰苦学习探索后，蓦然回首跳出了具体的书本知识，找到了真理，升华到了更高的境界。

【学习·会学】

如果上帝一手拿着真理，一手拿着寻找真理的能力，你愿意选择什么？也许大多数人的回答是，宁要寻找真理的能力，而不要真理。学会与会学，从表面上看来，就是两个汉字掉转了个前后位置而已，实际上，其中蕴含的意义与结果，是要经历漫长的过程才能转换的。

现代社会对人的要求越来越高，如果你不具备及时更新知识的能力，简单地说，就是学会学习的能力，将难以适应社会的要求。从被动地学习发展到主动学习，只有掌握了获取知识的能力和方法，才有可能获取高超的技能和过硬的本领。

学会是适应社会、实现自我价值所必须炼就的本领。要有针对性地选择学习的方法，对那些操作性强而学习理论较浅显的内容，与其靠书本不如靠示范，要从现场学，跟着教练从一个一个的动作学起。不要因为书本已有的论断而束缚住自己的思想和手脚，因为书本的内容而去扼杀一切生机活力，那都大可不必。如果读书人脱离了实际，就会变成那种读书而不明理的人，误人误己。

积极主动地学习，先掌握学习的方法，然后选择学习的内容，才是真正的会学。未来的文盲不再是不识字的人，而是没有学会学习的人。善于学习与不善于学习，学习得法与学习不得法，会导致截然不同的学习效果。

请保持你的天真和好奇心，会学的人，肯定是善于思考的人。伟大的真理，有时候就来源于那些简单幼稚的问题。风从何处来，风不是从树上刮来的吗？苹果为什么会掉到地上，而不是落在我的手里？等等，这些在常人看来低级幼稚的问题，往往诞生了人世间最普遍的真理。

学会的最终目的，是要促成对学会的升华，达到会学的目的。学会好比开车，学会了可以当驾驶员，会学才可以做教练，教会更多的人掌握驾驶技术；学会好比收摘果实，会学则是在管理农场，可以收获更多的果实，只有后者，才能为社会创造更多的价值。

清・任伯年・杂画册页

【学习·用心】

学习需要努力，更需要用心，用心就是努力的翅膀。如果只是一味地低头赶路，却不去思考前进的方向，那可能会无法找到出路。

如果认为靠先天的才能和后天的特长，就可以无需努力而得到好成绩，那是不可能的。因为学习永远是一架天平，一边是付出一边是收获。掌握基本知识需要我们努力，将知识融会贯通则需要我们用心。基础知识融会贯通起来，我们的学习才能事半功倍。

如果说天才出于勤奋，那么勤奋就出于惜时，一年的时间可以很短，也可以很长，关键看如何利用。真正的惜时是有效率地完成每一件事，真正的惜时是节约时间而不是延长时间，做到高效率的学习。

努力是学习的基础，惜时是学习的保障，更为重要的还是学习的结果。它是由实践反映出来的，有的人学习非常努力，却总是无法结合实践，无法找到学习的真谛。

有智吃智，无智吃力，无力无智，饿得笔直。要想取得理想的成绩，在旭日升起时就投入到紧张的学习中去，而不是在夕阳下山时去幻想人生会出现什么奇迹。

【学习·成长】

学习是成长的催化剂，不断地学习就能不断地进步。人如果停止学习，就会退步。

学习不是差事，更不是苦差事，学习的乐趣在于投入、思考和转化，而不应该去敷衍它。语文与历史可以体会到祖国的深远文化，数学可以锻炼思维，音乐可以陶冶情操，体育可以强健体魄，科学可以认识大自然的奥秘，地理可以尽览世界民俗风情。在不断地学习中，知识越来越丰富，素养越来越高。

学习不够是所有失败共同的原因之一。不是你不行，是因为你不会学；不是你不会学，是因为你学习不够。任何人的成功都离不开学习与进步，任何人的失败，归根结底，就是学习不够，或者说是学习得不够好。

读书是学习，使用也是学习。学习要学以致用，不能死搬教条，如果不会使用你学过的知识，即使你才高八斗也不会走向成功。将自己学习的知识运用到实际工作中去才能使自己走向成功。

成功没有止境，学习也没有止境。学习能唤醒熟睡的大脑，人脑子里的知识都在折旧，只有不断地输入新知识，才能将旧知识替代，才能不断地成长进步，才能不被现代社会抛出轨道。

成长了不代表进步了，有人比你进步更快，说明你还是落伍者；进步了不代表成熟了，你还没有到收获的季节。成熟了也不能说明是成功了。虽然今年收获了，但是不努力的话，明年又会荒芜一片。

在工作中学习，在学习中进步，在进步中成长。把学习变成一种常态，你才算是真正地成熟了，只有这样的成熟，才能把你一步步地送到成功的彼岸。

清·任伯年·杂画册页

【学习·恒心】

知识如金矿，挖之愈深，得之愈多；学习如登山，攀之愈高，望之愈远。

学习是一个漫长而艰辛的过程，学习中感到枯燥无味在所难免，因缺乏毅力很多人半途而废，最终一无所获或收益甚少。

学习不能靠一时的热情，临时抱佛脚是学不好的。学习要有一股钻劲，要有锲而不舍的精神。有的人因为工作压力大，将学习抛在脑后；有的人意识到学习是一件很困难的事，但没想到难度有那么大，在更大的困难面前，他也退缩了。在任何一条成功的道路上，随着时间的推移，同行者只会越来越少，“剩者为王”才是王道，坚持到了最后，你就是王者。

有些人即使起步慢，但愿意花更多时间在学习上，因此可以很快地赶上别人，甚至超越别人。尤其在别人休息时，如果你持续地跑，很快就能超越别人，在别人怠惰时拉开与别人的差距。

学习犹如农民耕作，是汗水滋润了种子，是汗水浇灌了幼苗。只要有恒心，一定会有累累的硕果。如果懒于劳作，当别人跳起丰收之舞时，你已经望尘莫及了。抓住今天，尽可能减少对明天的依赖，把握住今天的分分秒秒，与时间赛跑，坚持、坚持、再坚持，让生命在不断的学习与进步中，变得更有价值。

涓滴之水终可以磨损大石，不是因为它力量强大，而是由于昼夜不舍的滴坠；纤细之绳终可以切断木头，不是因为它锋利无比，而是在于日复一日的拉锯。无论是历史的巨人，还是普通的成功人士，在学习的道路上，无一不是经历了诸多失败与挫折的。然而，恒心是神奇的武器，它让平凡变成卓越，让灰暗变得光彩熠熠，把许许多多的不可能变成了现实。

抓住点点滴滴的时间学习与思考，经历了日复一日的坚持与枯燥的重复，苦苦求索，毅力让你豁然开朗。总是在盼望车到山前必有路，一再拖延与等待，最后还是荒芜了学业。没有恒心与毅力的人，在艰难险阻面前，不但难以找到出路，而且很容易走进死胡同。

清・虚谷・山水册页

修德篇

口中有德，目中有人，心中有爱，行中有善。

【感恩·惜福】

学会珍惜你的幸福，学会感谢你身边的一切，因为珍惜才会拥有，感恩才能天长地久。

感恩是心灵的习惯，习惯是天天重复的行为。如果重复的是烦恼，情绪就接近于忧郁症。如果重复的是感激，得到的是喜悦。习惯感恩的人，能体会到最多的幸福，也活得更快乐，在他们的脸上笼罩安详之美。用一颗感恩的心去对待别人，你将会发现，生活中因有了感恩的心而多了欢笑和快乐，少了虚伪和欺骗。

感恩大自然的福佑，感恩父母的养育，感恩社会的安定。感恩是可以怡养性情的，一个时刻充满感恩之心的人，从不会觉得世界欠了自己什么，相反是为自己无以回报这个世界的慷慨而内疚不安。

感恩的人容易满足，看到自己的快乐，珍惜自己的幸福，感恩自己的拥有，他们知福且惜福。他们的价值坐标是纵向的，跟自己的过去比，而不与别人的横向较劲。感恩的人，心怀造福社会的宏愿，并一点一滴地实践。感恩的人在感恩中得到了什么？得到的是心灵的营养，心灵生长需要水和营养素，感恩就是最好的营养素。

心存感恩，心灵才会获得宁静和安详；心存感恩，生活中才会少了许多怨气和烦恼。有感恩的心，才会有好的心态，才能发现更多的美好。一个不懂得感恩的人，即使家财万贯，他仍是个贫穷的人，懂得感恩并知恩报恩才是天下间最富有和最快乐的人。

朋友之间，学会感恩，就会拥有更多的朋友。亲属之间，学会感恩，一定会其乐融融。拥有一颗感恩的心生活，远比记住别人的缺点、毛病，怀着一颗怨恨之心痛苦地生活要强上一万倍。

不是我们生活中缺少美，而是我们缺少一双发现美的眼睛。得不到的未必就是最好的，拥有的才是弥足珍贵的，知福、惜福才会感知幸福。

一个懂得感恩的人也许不一定会成功，但不懂得感恩的人必定不会成功。一个人如果知道感恩于他人的帮助，就会得到更多人的尊敬和帮助。对生活感恩，其实也是善待自我。学会生活，心存感恩，知足惜福，才能体会到生命中最大的快乐和真正的成就感。

清·高其佩·花鸟册页

【虚怀•修为】

人生需要四种修为：一是忍得过，忍一时之气，消百日之灾，能忍，不一定是懦弱；二是看得破，最大的淡定，不是看破红尘，而是看透人生以后依然能够热爱生活；三是拿得起，做人要有担当，不推诿逃避，直面惨淡人生；四是放得下，放下偏执，放下记忆，放下不甘，放下欲望，平平淡淡，简简单单。

得意时不要高傲，要虚怀若谷。想想过去，做了些什么，看看现在，还需要做什么，做到胸有成竹，百尺竿头更进一步。

与其羡慕别人拥有的，只能说明我们付出的还不够，不妨调整心态，把羡慕换成敬慕，加倍付出，迎头赶上，你拥有的也许会更多。与其怨天尤人，不如静心修炼。宁愿花时间去修炼不完美的自己，也不要浪费时间去期待别人的完美。修炼做人做事的本事，修炼识人断事的本领，修炼生智忍性的本性。

那些在成功路上拉你一把的人，你要懂得尊重；那些在错误边缘批评指责你的人，你要懂得感激。因为拉你的人给了你动力，批评你的人教会你明辨是非。

冷静是智慧的门户，勤劳是成功的种子，忏悔是改过的妙方，修为是自我的完善。被人误解时你要微微一笑，受委屈时你要坦然一笑，吃亏之时你要开心一笑，无奈之时你要达观一笑，被轻视时你要平静一笑，失意之时你要轻轻一笑，这就是做人的修为。

脾气越大身体越差，脾气越温福报越深。当你碰到不喜欢的人，或者他不喜欢你的时候，不要把你的智慧、能力、才学处处显露出来，而是要想办法把你的德行培育起来，站在对方的立场，设身处地地为对方着想。

心中不能常记着功劳与过失，要平静对待，要学高山上的松柏，傲立在霜雪严寒之中。要安于宁静，对名利要看得淡泊如水，一生一世要像竹子那样，虚怀若谷。

清・任伯年・杂画册页

【胸襟·气度】

气度是真正由心而生的一种正能量，是人的一种修炼、一种心态。

正义者身上有凛然之气，邪恶者身上有腐败之气，成功者身上有逼人锐气，失败者身上有绝望颓气。气度的大小不仅影响着你的不同遭遇和最终结果，还影响着你的整个心智。

别人对你不敬的时候，多想想别人的好处，哪怕是点点滴滴的好处，你都要默默记在心中。慢慢地，你心中的怒气就烟消云散了，心胸也自然开阔了。量小失友，度大聚朋。有了宽阔的胸襟、宽宏的度量，才能赢得朋友的信任，增进团结，密切友谊。

气度是一种从容的心态，是内心的胜利，获胜者总有非凡的气度，而气度非凡者也必将获胜。有气度的人处处与你结缘，没气度的人哪里都是磨难。有气度的人能成事，没气度的人难办事。做一个有气度的人，既要做到有功不自傲，有善不自伐，又要做到有怨不计较，有错能容忍。

有气度的人往往志向远大，以大局为重。没气度的人往往目光短浅，自私自利。成功者修炼气度，胸怀天下，站得高，看得远。失败者摒弃气度，小肚鸡肠，鼠目寸光。

大气，是一种风度，是一种无形的力量。大气是拿得起，放得下，说话办事干脆利落，具有君子风范。它体现在人性上，是博大的胸怀，具有不与小人斤斤计较的雅量；体现在行动上，是坦荡豪放，不瞻前顾后，不怯懦畏缩；体现在心理上，是豁达开朗，不卑不亢，阳光乐观。

一个人的心胸气度有多大，他的事业就能走多远。一个人斤斤计较就只剩下二斤了，计较眼前会失去未来。小我小爱寸步难行，大我大爱行遍天下。有大气者方能成大器，有大气者方能立于不败之地。把心胸格局再放大一些，境界再提升一下，我们的人生就会与众不同。

人生的高低起伏是由你的胸襟和气度决定的，有多开阔的胸怀，就能容纳多开阔的天地。胸襟和气度有时候是一种抗压能力，扛过去了，就能看到明天，就能开拓未来。败下阵来，就只能停留在现有高度，然后不断倒退。

大气是一种修养，大度是一种胸怀。不要在意谁在背后怎么看你说你，因为这些言语改变不了事实，却可以搅乱你的心。

大气是一种境界，海到天边天作岸，山高绝顶我为峰。大度是一种态度，从容过生活，容人才能容天下。

不要认为胸怀是被委屈撑大的。容不容得下，是自己的气度；能不能让自己容得下，是自己的胸襟。大气量能容难容的人，大肚量能容难容的事，大胸怀能容天地乾坤。

【品格·作为】

能力是一把双刃剑，如果掌握在品格高尚人的手中，他将会造福于社会；相反，如果掌握在品格低劣人的手里，他将会成为社会的害群之马。

做一个正直的人，身正不怕影斜。品行端正，做人才有底气，做事才会硬气，心底无私天地宽，表里如一襟怀广。

在物欲横流的社会里，来自各行各业的喧嚣和繁华，让人眼花缭乱，精细的品格则如同沙里淘金，在人群中显然是稀缺的标签。

品格教育为社会培养明日的公民，也为社会培养明日的领袖。品格教育就是培养好人的教育，只是一个有用的人是远远不够的。一个有作为的人，必须也要是个好人，一个善良的人，一个有教养的人。

品格是生命中持久不变的特殊气质。无人知晓时的所作所为，方能衡量出一个人真正的品格。好的品格是内在的动力，使人在任何场合都按最高的标准做正确的事。

为什么一些家庭彼此融洽相处，而另一些家庭却备受怨恨、争吵和愤怒的煎熬？造成差异的不是金钱、地位，也不是机遇，而是品格。品格能够最为精确地预测一个人的行为，品格决定了人生的作为，依据好的品格所做出的决定，就像种在地里的种子，终会开花结果，只是时间的早晚而已。

【尚德·崇高】

立身做人，尚德为先，崇尚美德是立身做人的行动指南。以德示人，你就会拥有高尚的道德情操。

道德，走正道才是德；品德，品行端正才是德。道德是做人的根本，没有道德的人，学问和本领愈大，为非作歹愈烈。高尚的品德如磁石、如号角、如清风，总是为人所尊重、所赞许、所仰慕，从而能够产生强大的吸引力、感召力和凝聚力，进而产生坚不可摧的民族精神，使你永立于不败之地。

立身方以德为先，德之不厚，行将不远。一个尚德的人做事肯定不会从自我出发，而是从大局着想。

内心有德，言行无德的人仍是无德，内心有德，言行守矩的人才是尚德的人。

一个人的崇高可以被定义成很多名词，崇高的理想，崇高的志向，崇高的人格，但请你记住，一个人的崇高不是被喊出来的，不是被恭维出来的，而是靠自己实打实地做出来的。

尚德是一种内在的精神动力，一个尚德的人必定是精神振作的人；尚德是一种崇高的品德追求，一个尚德的人也必定是有崇高追求的人。

如果以能力服人，则不足以服人，因为这世间总会有比你能力强的人；如果以德服人，则足以服众人，因为苍天之下，有德之人品自高，他的魅力也是无穷尽的。

个人品德修养的好坏是社会风气的风向标。越是隐藏的东西，越能看出人的品质；越是细小的枝节，越能显出人的灵魂。小胜靠智，大胜靠德。做事先做人，做人必尚德。高尚的品德可以弥补能力的不足，但天大的才能也填补不了品德的缺陷。

清·石涛·山水册页

【修德·孝悌】

没德行的人，行孝悌也难。孝悌不是挂在口头上，要看真功夫，孝顺父母，要看一言一行，一茶一饭，亲近兄弟姐妹，要由小而大，由近及远，让德行在孝悌中行走。

不要为了追求自己更美好的生活，而继续让父母处于永无止境的劳累责任中，他们应该有自己的生活，不应为我们而活。行孝悌一定要及时，踏踏实实地行动。不要害怕做不好，任何事情只要有信心，就一定能做成。不要害怕道歉和改正不被接受，然后就失望难过，破罐子破摔。不是做得不好，是人们没有办法马上接受转变。不能因为被误解就打消改正的念头，应该更真诚地去做，更认真地去改。

孝悌体现在出自本心的恭敬，孝悌体现在生活上的无微不至，孝悌体现在赡养父母之心。即使再不能理解你父母的想法，也不要指责他们。要知道，他们才是全心全意为你好的人，你不能辜负他们。孝悌是基础，在家孝敬父母，友爱兄弟，这是培育良好德行的根本。

行孝悌其实很简单，帮父母捶捶劳累的肩膀，帮父母分担一点点家务，有时甚至是一个会心的微笑。孝心不分大小，不分时间，别让你的父母等太久。

一个关爱的电话，一句温暖的问候，都能温补父母的心。不要以“忙”字为借口推辞行孝悌的本分，不要让孝之美德被一个“忙”字所遮挡。

【修身·立身】

有人以文凭立身，认为自己文化知识高，不懂得文凭不完全等于水平；有人以后台立身，认为大树底下好乘凉，不懂得树倒猢狲散的道理；有人以金钱立身，认为有钱能使鬼推磨，不懂得钱可利人又可害人；有人以朋友立身，认为有友走遍天下，不懂得祸友是个人招害葬身之源。只有以德立身，才是立身之道，才是做人之本。

一定要学会认识自己，千万不要把自己看得太重。这个世界上，每个人都很重要，但是离了谁地球都照样地转。一个人可以自信，但不要自大；可以狂放，但决不能狂妄；可以追求健康长寿，但万不可妄想万寿无疆。

一个人能干是一种素质，能相处善团结是一种境界，而能忍得住一时的委屈、不公和苦痛则是一种修炼。人生，其实就是一个修炼的过程，何必用这一颗不平的心看待人和事，作践了自己，辜负了岁月。要坚强勇敢，要快乐地成长，要活得漂亮，要让自己永远善良。

修身使人快乐，养德使人高尚。修身的人自重自爱，不贪财、不贪色、不贪权；养德的人律己宽人，重人格、重品行、重境界。

在道路狭窄时，留一步让别人能走；在享受美餐时，要分一些给别人吃。这是立身处世取得成功的最好方法。看别人不顺眼，是自己修养不够。人愤怒的那一个瞬间，智商是零，过一分钟后才慢慢恢复正常。人的优雅关键在于控制自己的情绪，用嘴伤害人，是最愚蠢的一种行为。

要学会控制自己的脾气，做一个有修养的人。

凡事终了时务必小心谨慎，顺利抽身退出要比顺利地进入更难。最重要的不是到场时博得别人的喝彩，而是离开时别人对你的想念。这才是立身之要。

修身就是要你认识自己，明白世事无常，顺其自然。不要执着于过去、现在或未来。祛除心中的自私、嫉妒和猜疑，摒弃贪恋之心，以平常心待不平常事，则事事平常。

人生苦短，一路风雨，曲折磨难在所难免，但这些不应成为不开心的理由。乐观地面对生活中的各种事情，也是一种生活修身的体现，它会引导你不断走向完美的人生。

清・虚谷・山水册页

【谦卑·尊严】

谦和如春风，有化解矛盾的力量；谦卑如细雨，有滋润心田的力量。谦和的人，用谦虚的胸怀、真诚的心意，使三顾茅庐成为千秋美谈。谦卑的人，以大局为重，隐忍退让，留下了将相和的千古佳话。

尊严对我们来说是自尊自爱，是不畏权贵和逆境的思想境界；是自立自信，不服挫折和诱惑的坚定信念。

如果说生命是一座庄严的城堡，那么尊严就是支撑的梁柱；如果说生命是一片茂密的森林，那么尊严就是并肩而立的群木；如果说生命是一列奔驰的火车，那么尊严就是伸向远方的铁轨。

自高的人不见得高明，自大的人也未必强大。在谦虚面前，自高的人是道德的矮子；在谦卑面前，自大的人是虚伪的巨人。谦卑是老祖宗骨子里传下来的基因，学会谦卑，你会更好地经营自己的人生。

谦卑是做人的一种品格，具有感染力。如果你不谦卑，就不能被别人接纳，不被别人接纳你就无法与人沟通，无法与人沟通你就什么事也别想做。

以一颗谦卑心，看身边人；以一颗恭敬心，看身边事。你与他人能够互相谦和、相互谦卑、互相尊重、相互谦让，那你与他人间的关系就会融洽，大家团结一致就没有做不成的事。

【善念·慈悲】

有一颗善念的心你会更积德，有一颗慈悲的心你会更行善。

善是本能，看人流泪，自己眼眶潮湿。有善念之心可以度人，有慈悲之心可以容人，有怜悯之心可以助人。如果我真诚，别嫌我话直说，因为我明白，违心奉承是应付，忠言逆耳是负责；如果我重情，别说我执着，因为我明白，真情会温暖心灵，真爱会铸造永恒；如果我厚道，别认为我笨拙，因为我明白，厚德能载物，助人能快乐。

柔软的人心，才能产生怜悯和同情。在相互的依偎里，在相互的关爱里，在相互的帮扶里，人才不会寒冷，不会疼痛，不会孤单，不会绝望。

善念驱动着善行，善行反哺着善念。有了善念，善行就成了一种发自肺腑的自觉的行动。

善是火苗，需要呵护，只有呵护，才能燎燃；善是种子，需要播撒，只有播撒，才能发芽，绿满原野。一个人的善，可以引导更多人的善；对某件事情的善待，可以繁衍出更多的善事。善很柔软，其实，她最有力量。

孝顺父母，那是生命的来源；善待家人，那是你今生的至亲；友爱同事，那是你事业的同伴；回报恩人，那是你困苦时的救星；保护环境，那是你生存的空间；安抚冤家，那是你还债的主人；善待一切，所有的存在都是在成就你的未来，你的善与美因他们而存在。

人生路上，要怀着一颗慈悲的心。要学会善待他人，也要懂得善待自己。无论是善待谁，其实都是温暖在流转，都是爱在延宕，最终，你的生命活得更加滋润。

以善眼观照万物，以善心度量世界，以善行行走人间，人会变得宽厚和博大。给迷路者一个指引，给饥饿者一个馒头，给遭灾者一床被褥，哪怕给那些失魂落魄者一个微笑，都是一种善举、一种慈悲、一种功德。

明・渐江・山水册页

【诚信·守规】

诚信是立业之本，是人的第二张身份证。

修德体现在讲诚信。你所说的每一句话，你所做的每一件事，都要以诚信为本，做到言必信，行必果。自己做不到的事情，不可轻易许诺。你可以能力不足，你可以不善言辞，只要你谨言慎行，诚实守信，就能得到别人的认可。

诚信不仅是一种品行，更是一种责任；不仅是一种道义，更是一种准则；不仅是一种声誉，更是一种资源。诚信是高尚的人格力量，是人与人之间相互信任的基础，一个靠谱的人往往更容易得到信赖和尊重。

事业以诚信为本，待人以诚恳为上；处世以谦让为基，行动以稳健为好；持家以勤俭为贵，生活以快乐为妙。

修德体现在谨言慎语。看到的不一定很真实，听到的也未必是真相。不明了的事情，就不要妄加揣测，更不要轻易传播。

修德体现在见贤思齐。对别人诚实守信的良好德行要不吝赞美，反思自己的德行，反思自己的过去，反思现在的拥有。如果差距太大，要努力学习，扩充心量，努力达成恪守诺言、重德守信的目标。

【仁爱·博爱】

布施与人，但不要使对方有受施舍的感觉。帮助他人，但给予对方最高的尊重，这是助人的艺术，也是仁爱的情操。

不是烦恼太多，是我们还不太懂得如何去生活；不是别人不懂，是因为我们的心胸还要多层坦荡和开阔；胸怀仁爱之心，烦恼化为快乐，别人也懂你。

当你在博爱的海洋里漫游，身心不但不会感觉到有什么疲劳，反而会得到一种心理上的满足，获得人生的幸福。

你只有彻底地弄明白了博爱的真谛，才能生活在一种永恒中。然而，盲目的博爱，不是社会上的疯子，就是人群当中的二半吊子。

博爱是一种相互尊重，博爱是一种相互宽容，博爱是一种相互奉献。博爱需要你与别人的互相关心，互相帮助，让你获得人性中的至善，获得精神上的富足。

唯有博爱的人生，才是和谐的人生。博爱与和谐，二者息息相通。人生在世，若能推己及人，仁爱为怀，那么，人与人之间，便能和谐相处，便进入“和而不同”的美好境界。

当你把爱的心门再打开一点，能够发挥“大爱”的精神，就不会被“小爱”的执着束缚住，造成人生的痛苦。透彻的大爱，才是你的仁爱之心。

懂得为对手喝彩的人是大度，懂得为对手开拓的人是智慧，懂得为对手感恩的人是仁爱，仁爱无敌。

【功德·公德】

公德，有益于公众才是德；功德，对社会有功劳才是德。抛弃公德，世界也将抛弃你。遵守公德，世界也将尊敬你。功从德上来，德为功之源。一个有道德的人，本身就是成功的人。

一个有功德的人，内心是不会轻视他人的，而是时刻都心存尊敬他人之心；如果内心经常地轻视他人，经常地分彼此你我，这样就没有功德可言了。

公德是一面文明的镜子，能映出你心灵的美丑，公德是一源清澈的溪水，能洗涤你心灵的灰尘；公德是一盏明亮的路灯，能照亮你心灵的小路。做一个有公德的人，自然也有一颗功德心。

公德在心，功德随行。如果你有功德，就会对各种优秀的品质充满敬重敬畏敬仰。口中有德，目中有人，心中有爱，行中有善。口中有德就是说话要留有余地，不对他人施加软暴力；目中有人，就是要走出自我的小天地，将心比心坦诚相待；心中有爱，就是要在心田种下爱的种子，并小心呵护它成长；行中有善，就是人到哪里就把爱带到哪里。

你把财富留给子孙，子孙未必守得住；你把书本留给子孙，子孙未必会好好读。最珍贵的遗产是曾经乐善好施的你，为后世留下的口碑，它会一直递增后人的信心，持续不断地提振着家族的命运。

一个有公德的人，不在于他对自己做了多少尽心尽力的事情，而是在于他对社会做了多少有功德的好事。

养心篇

最难打开的是心门，最难走的是心路，最难调整的是心态。

【想开·看开】

人的一生，开心也是一天，不开心也是一天，干吗非要逼着自己不开心呢？人就这么一辈子，是做错事不可以重来的一辈子，是心碎了难以再愈合的一辈子，是过了今天就不会再有另一个今天的一辈子，是一分一秒都不会再回头的一辈子。为什么不好好珍惜眼前，而要拼命地自怨自艾，痛苦地追悔呢？

人的一生想开了就是幸福，想不开便是痛苦。人的烦恼都是从放不下，想不开，看不透，忘不了开始的。

人之所以会想不开，是因为常常徘徊在坚持和放弃之间，举棋不定。有些路很远，走下去会很累。可是，不走，会后悔。有些事，你可以计较，但别过度，过了会磨损你的心性，让你的步履更加沉重；有些痛苦，你可以沉浸，但别太久，久了会削减斗志，让你迷失方向。

心情不是人生的全部，却能改变人生的色彩。很多时候，人不是跟事过不去，而是跟心过不去。时间不是让人忘了痛，而是让人习惯了痛；放弃不是自己不想拥有，而是不属于自己的拥有。别和现实过不去，因为生活还在继续；别和自己过不去，因为一切都会过去。

好心情才能塑造出色的你，有些时候的失意，倒不是输给了别人，而是坏心情扰乱了自己的思维，干扰了自己的发挥，从而处处受挫，萎靡不振，贬低了自己的形象。

身边有很多人，你看见她整天都开心，率真得像小孩，人人都羡慕她。她们就像向日葵，不管背后有多少悲伤，总是向着太阳的正面，保持着明媚和鲜亮。想得开，处处都有祥和的春天；看得开，所有的阴云也可以管它叫云彩。

一件事，就算再美好，实在没有结果，就不要再纠缠，久了你会心累；一个人，就算再留念，确实抓不住，就要适时放手，久了你会心碎。任何人、任何事，都会成为过去，不要跟它过不去，无论多难，在迫不得已的时候，要学会抽身而退。

生活中，拿得起放得下的人，能有多少，不然，为何有那么多的苦，那么多的痛。我们不求拿得起放得下，只求想得开看得淡。

世上的是是非非，不要太在意，世间的真真假假，何必非要弄个清楚明白？不要打破砂锅问到底，为了不必要的琐事而折磨自己，不要为世事的不公，终日耿耿于怀，真正的金子，就总有闪光的那一天。不管在什么样的环境里，请牢记自己就是金子，即使裹上了淤泥，也不会改变金子的本性。一心想着要闪光，生活就不会把你埋没。生活从来没有辜负谁，它分给每个人的都是一样多。看得开的人，容易找到放金子的屉子；看不开的人，即使到了藏金屋，也不懂得开盏灯，眼看即将到手的金子也拿不走。

简单才能看开，做人应宽容忍让，以君子之心度人，以坦荡之心处事，以宽容之心交友。多为别人办好事，多把别人往好处想，多容忍别人的缺点和失误。这样，你心里就会多一缕阳光，脸上就会多一缕春风。

说不清的是人，想不通的还是人。一些事，看开了，就应该放下；一些情，明白了，就应该割舍；一些人，看清了，就应该远离。如果明明知道是错误的，却一直坚持着；明明清楚是不好的，却依旧守候着；这样的人，就是一个无可救药的人。

拿得起的人，处处都是担当；拿不起的人，处处都是疏忽。放得下的人，处处都是大道；放不下的人，处处都是迷途。看得透，处处是大道；看不透，处处是诡异；想得开，处处是生机；想不开，处处是凋敝。人要学会想开看开，毕竟烦恼忧愁、恩恩怨怨，几十年后都会随生命而烟消云散。

人只有一生，人人都希望自己有个幸福的家，每天都是个快乐的开始。然而，生活不是一切都尽如人意，只有想得开，看得开，才能让人生的每一步走得愉愉快快，才能把生活过得轻轻松松，才能把日子过得甜甜美美。

【打开·心门】

人人都有两扇门，一扇是家门，从这里开始成长；一扇是心门，从这里走向成功。最难打开的是心门，最难走的是心路，最难渡过的是心海，最难调整的是心态。把门里的小人逼走，就会唤来心中的巨人。

人的心灵是脆弱的，要学会给心灵解绑，常常自我激励，自我表扬，会使心灵快乐无比。要学会为自己忙碌疲惫的心灵做做按摩，使心灵的各个零件经常得到维护和保养。

看不开，苦的是自己；想不开，伤的是自己。人只能活一次，所以别活得太累。好好地活着，别在乎太多；认真地活着，别奢求更多。在生命当中，有太多的事情，身不由己；有太多的无奈，迫不得已；心口不一，也许是情非得已。看不透的伪装，正如猜不透的人心；弄不明的感情，正如读不懂的心灵。

与其心思多，不如少根筋；与其红了眼，不如笑着说。人生一世，糊涂难得，难得糊涂。活得太清楚，才是最大的不明白。人要知足，才会快乐；心要简单，才会幸福。

已经得到的要珍惜，属于自己的不要放弃，已经失去的留着回忆，想要得到的必须努力。

不要轻易为别人而改变自己。对信任你的人，永远不要撒谎；遇到怀疑你的人，你的真诚就是谎言；所以要学会沉默。

只要脚还在地上，就别把自己看得太轻；只要还活在世上，就别把自己看得太重。因为活着，就是最大的幸福，看似容易，其实不简单。守着一生的平凡，却不甘平淡；总想活得无可替代，却有那么多的有所期盼。

缘分变换，总是看不到真实的情感；世态炎凉，总是读不懂人情的冷暖。每个没心没肺的现在，其实都有掏心掏肺的曾经；每个有声有色的爱过，其实都是有滋有味的经过。

不必逞强，不必说谎，懂你的人自然知道你原本的模样。青春是一本书，我们含着泪一读再读，想起那些时光，想说那个时候真傻，但是真好。

人生就是一个在负重中前行的过程，无论走到哪里，我们都要学会自己支撑自己，失败时给自己多一些激励，孤独时给自己多一些温暖，努力让自己的心灵轻快些，让自己的精神轻盈些。

【放下·归零】

放下不是放弃，而是一种生活的态度。人活着之所以累，是因为放不下架子、撕不开面子、解不开情结。放下压力，把忧愁扔掉，快乐就有了更大的空间；放下过去，顺其自然，狭隘就会给自己的心灵让路。

人生像一只皮箱，需要用的时候提起，不用的时候就把它放下。应该放下的时候，却不放下，就像拖着沉重的行李，无法自在。有些事情是不必在乎的，有些东西是必须清空的，该放下时就放下，你才能够腾出手来，抓住真正属于你的快乐和幸福。

低头是为了看准自己的路，不要认为自己过得还可以，而不愿意去尝试新鲜的事物。放下面子，你会得到更多，拉不下这个脸，最终会死在面子上。

放下就是解脱，放下才能坦然，只有放下，才能获得一种恬静的悠然。

抬头要有底气，低头要有勇气；做人要能屈能伸，顺境时不嚣张，逆境时不气馁。保持乐观的人，只顾着笑，而忘了怨；悲观的人只顾着怨，而忘了笑。看得透的人，处处是生机；放得下的人，处处是大道；想得开的人，处处是春天。

心烦时，请记住三句话，算了吧，没关系，会过去的。顺境时，让自己归零，就可以戒骄戒躁，保持心胸开阔；逆境时，让自己归零，就可以正确面对，做到客观实在。归零就像春节前的大扫除，把那些没用的东西扔掉，把有用的珍品拂拭干净，在窗明几净、心情舒畅的背景下迎接新春。

归零是新的开始，就像时钟一样，归零后就有了新的周期与辉煌。从零开始，重新确定目标，从一起步，循序渐进，这样才会得到十分的满意，才会在一次胜利之后，又赢得新的成功。

越是勇于把自己归零，反倒越不会回到零，归零不是倒退，而是一种上升与提高，是一种积极的沉淀与涵养。攥紧巴掌，手里什么都没有；张开双手，就会拥有整个世界。适时归零不是妄自菲薄，也不是消极避世，而是清醒与明白，是洒脱与从容。

人的一生，没有什么事情是不可以放手的。时日渐远，当你回望，你会发现，你曾经以为不可以放手的东西，只是生命瞬间的一块跳板，所有的哀伤、痛楚及你所认为不能放弃的一切，都不过是生命里的一个过渡。失恋、失意，甚至离婚，相对于我们在岁月长河里所受的苦，都不过是一块跳板，那是让你成长的必由之路。

【心态·阳光】

人的成熟不是年龄，而是心态；心的成熟不是遇到的事情多，而是对待事情的态度。世上没有救世主，心态才是你的主人，心乱了，世界就乱了。

心是个口袋，东西装少点叫心灵，多一点叫心眼，再多一点叫心计，更多是叫心机。心简单，活着就简单；心自由，活着才自由。让心简单轻松，抱怨命运不如改变命运，抱怨生活不如改善生活。任何不顺心都是一种修炼，进锅炉的都是矿石，出来的却分矿渣和金属。

阳光的心态，就是心大一点。心态好，人缘就好，因为懂得宽容；心态好，做事就顺利，因为不拘小节；心态好，生活就愉快，因为懂得放下。心态好的人，处处圆融，一个好的心态，能激发人生最大的潜能，那是你人生中最大的一笔财富。

生命中，有太多的事情身不由己，有太多的无奈心不由己。看不透的伪装，正如猜不透的人心。人生似水，有容乃大。一辈子不长，要做好三件事，不自欺、不欺人、不被欺。那些得不到的，与之擦肩而过的，不必装作若无其事，哭就大放悲声，伤就痛定思痛，然后再往前走，前头总有风景。

当人生处于高潮时，就好好享受掌声；当人生处于低潮时，就慢慢地体味生活。人心都有脆弱的一面，需要经常地激励与抚慰，常常自我表扬，自我激励，才会有生活的快感。

烦恼的人，不是遭遇了许多不幸，而是天天想着不幸的事情；失败的人，不是困难打败了他，而是在困难面前畏缩不前。人生有顺境，也有逆境，心态不好，处处是逆境是有可能的；人生有巅峰，也有谷底，心态端正，每天是谷底也是不可能的。在顺境和巅峰时趾高气扬，在逆境和低谷时垂头丧气，都是肤浅的人生。看淡，心中一片花海；看开，头顶一汪蓝天。面对挫折，如果只是一味地抱怨、生气，那么，你注定永远是个弱者。心里若是充满阳光，人生即便下雨，也会变成春雨。

生活不可能尽善尽美，阳光下也会有阴影，就看你用什么样的心态去看待生活。生活就是这样，有人疼痛，有人笑，有人哭泣。伤了揉一揉，苦了忍一忍，谁的人生都有伤，哪种生活没有苦？有些总是难免的，有些总是难躲的，人生并不怕伤过痛过，也不怕苦过哭过，关键是面对疼痛，你想不想，能不能站起来。我们要学习向日葵，哪里有阳光就朝向哪里。

生活中，一个好的心态，可以使你乐观豁达；一个好的心态，可以使你战胜面临的苦难；一个好的心态，可以使你淡泊名利，过上真正快乐的生活。如果烦恼变成了你的心病，那才是你真正的不幸。当烦恼降临的时候，既不要怨天尤人，也不要盲目悲观，要学会调整自己，给心灵松松绑。

人生就是一种承受、一种压力，既不能看轻自己，也不能过于看重自己。如果无法说服他人，那就先想法说服自己；如果事实无法改变，那就先学着改变自己。后悔的泪水比成长的痛苦更苦涩，失败的教训比成功的总结更深刻。心态端正远比日常表现重要，选对方向远比埋头苦干重要，做对的事情远比把事情做对重要。只要用一种淡定的心态去面对，必将迎来芬芳的人生。

人生的境遇，取决于自己的心态。毛毛虫所谓的世界末日，恰恰就是蝴蝶破茧而出的美好时光。心态决定了看世界的眼光，行为决定了生存的状态。外部世界反映了你的内心世界，要想改变生活的状态，必须从改变内心开始，观念和态度改变了，你就能拥有别样的人生。

明・渐江・山水册页

【金钱·心态】

呱呱坠地的那一刻，我们似乎来到了一个被金钱定义的文化中，从此以为是金钱掌握着我们的人生，而且还常常以它为最重要的因素做出种种决定。当谈及人生中的成功时，金钱几乎总是排在首位，有时甚至成为唯一的度量工具。

当金钱站起来说话时，所有的真理都沉默了。有钱未必过好一生，没钱也许幸福一辈子。钱让多少不相爱的人睡在一起，不要羡慕有钱的人比你过得好，有些是假装的。

金钱是你的吗？不是。你拼命地赚钱，同时又想方设法把它花出去，即便是银行有再多的存款，那也是生不带来死不带去的东西。当你得意的时候，请稳住自己的心；当你失意的时候，请管好自己的嘴。把钱看得高于一切的人，在钱的面前，他会低于一切。

金钱本身并没有问题，金钱本身也不存在有无威力的问题，是我们对金钱的诠释以及与金钱的互动关系捣的鬼。不大不小一张纸，让人辛苦一辈子；有人为了这张纸，背叛爱情丢宗旨；有人为了这张纸，六亲不认过日子。这张纸不厚，却让人难受；这张纸不大，却让人害怕；这张纸不长，却无法衡量。当初说好同生死，最后却因一张纸，没钱拉倒。

口袋没钱，心里没钱，轻松一辈子；口袋有钱，心里有钱，劳累一辈子；口袋没钱，心里有钱，痛苦一辈子；口袋有钱，心里没钱，乐呵一辈子。

愚人的两种心态：一是对机会永远说不，一是幻想一夜暴富。如果把钱当作性命，你就会变成钱的奴隶；如果你把钱当工具，钱就是你的奴隶。金钱在高尚人的手中，它的价值就会变得高尚；金钱在庸俗人的手中，它的用途就会变得低俗。不要让金钱代替了亲情，不要让物欲浸淫了你的心灵。

在生活中，如果以金钱为中心，就会活得很苦；如果以儿女为中心，就会活得很累；如果以宽容为中心，就会活得很轻松。不要只为了钱而累坏了身体，不要只为了钱而亵渎了友谊，不要只为了钱丢掉了亲情。

钱，只不过是银行卡上的数字，真正的幸福，是表现在脸上的笑容。

明·渐江·山水册页

【负累·释怀】

生活累，一小半源于生存，一大半源于欲望与攀比，欲望过高，便是负累。

心里放不下，自然成了负担，负担越多，人生越不快乐。计较的心如同口袋，宽容的心犹如漏斗。复杂的心爱计较，简单的心易快乐。

如果太看重位置，总想着票子，倒腾着房子，假冒着君子，思谋着裙子，算计着圈子，放不下架子，撕不开面子，眷顾着孩子，你就会常装着孙子，今后的日子就会活得很累。

有时候执着是一种负担，放弃是一种解脱，人没有完美，幸福没有一百分，知道自己没有能力一次拥有那么多，也没有权力要求那么多，否则苦了自己，也为难了对方。

梦不能做得太深，深了难以清醒；话不能说得太满，满了难以圆通；调不能定得太高，高了难以合声；事不能做得太绝，绝了难以进退；情不能陷得太深，深了难以自拔；利不能看得太重，重了难以明志；人不能做得太假，假了难以交心。经历曲折，尝尽百苦之后，还是觉得淡然最好，越淡然就越洒脱。

我们总是像智者一样劝慰别人，像傻子一样折磨自己。有些东西，注定与你无缘，你再强求，最终都会离你而去；有些人，只能是你生命中的过客，你再留恋，到头来所有的期望终究成空。不属于你的，那就放弃，大千世界，莽莽苍苍，我们能够拥有的毕竟有限，不要让无止境的欲求埋葬了原本的快乐与幸福。如果你想什么都抓住，最终只会什么都抓不住。

别把钱看得太重，都是身外之物，那是付出了代价换来的；别将名利看得太高，浮华过后，最终都是过眼云烟；别忘了身体才是真正本钱，没了健康无法享受人生的乐趣。

别以为能救命的是医生，最好的医生是你自己。养心重于养生，养生重于救命。失去的东西，有必要去追讨吗？失去的东西，如泼出去的水，能收得回来吗？不必惋惜，更不必追讨。如何对自己，对他人？对自己好点，因为一辈子不长；对身边的人好点，因为下辈子不一定能遇见。

感觉累了，身心疲惫了，就停下来歇歇。深深地松一口气，释放你的心情，调整好你的心态，减轻一些内心的压力，试着用一种简单的生活方式，让自己有放松心情的空间。经常寻求一些快乐，这样会觉得日子好过一些，何苦为难自己呢？不然，一路上所经历的，在你眼里，都变成了孤孤单单的长途跋涉，以及全身累累的伤痕。

活着就别总纠结后悔，压力要学会释放，别总一个人扛，伤心别总抱怨，要学会坚强面对。再烦也别忘记微笑，再急也要注意语气，再苦也不忘坚持，再累也要懂得爱自己。

【胸怀·豁达】

你生前置买的房子再大，也只是临时住所，只有那小小骨灰盒才是永久的家园。活在世上，只有以一颗豁达的心对待一切，你的行动才会变得纯粹高尚，你的人生境界才能得到进一步提升。

人犯了错误不可怕，可怕的是执迷不悟、错上加错。只有胸怀豁达，勇于改正错误，吸取教训，才能取得进步。

简单的事不争吵，复杂的事不烦恼，发火时不讲话，生气时不决策。学会善待他人，给敌人一个拥抱，给他人一份爱心，你就会得到和睦和高兴。

世上没有一个永远不被毁谤的人，也没有一个永远被赞叹的人。当你付出时，有人会怀疑你；当你收获时，有人会嫉妒你；当你旁观时，有人会指责你。没有人能逃过批评的眼神，那么，就请你只管去做自己该做的事，让别人去评说吧。既然无处可逃，不如安然以对；既然耳根不净，不如清净自心；既然不能如愿，不如一笑释然。

你生气，是因为你不够大度；你郁闷，是因为自己不够豁达；你焦虑，是因为自己不够从容；你妒忌，是因为自己不够优秀。每一个烦恼的根源都是你自己，千万不要记恨别人，这样会让你遍体鳞伤，而对方却毫发无损。

哭的时候要彻底，笑的时候要开怀，说的时候淋漓尽致，做的时候不要犹豫。

有望得到的要努力，无望得到的不介意；举起棋子要沉着，棋子落地要果断，无论输赢，姿态都好看。

人生就像夏日里南国的天气，瞬息万变。当你痛苦的时候，不必灰心丧气，因为它迟早会雨过天晴；当你快乐的时候，也不必得意忘形，因为它随时可能乌云密布。所以，不管碰到什么境遇，都应淡然处之，没必要大悲大喜。

有些事无需计较，时间会证明一切；有些人无需去看，道不同不相为谋。面对伤害，微微一笑是豁达；面对辱骂，不去理会是一种超凡。

生命中的许多东西是可遇不可求的，刻意强求的得不到，而不曾被期待的，往往会不期而至。因此，要拥有一颗安闲自在的心，一切随缘不是听天由命，顺其自然不是得过且过，难得糊涂不是以为装傻，始终保持积极的态度，以豁达的心态面对生活，这样才能拥抱丰富的人生。

【彻悟·淡然】

优雅的人生是一颗平静的心，一个平和的心态，一种平淡的活法，一种养出来的从容和淡定。过去的事情可以不忘记，但一定要放下；放下不是放弃，轻松不是放松；随缘不是随便，执着不是执拗。

人活着，没必要凡事都争个明白，水至清则无鱼，人至清则无友。跟家人争，争赢了，亲情没了；跟爱人争，争赢了，感情淡了；跟朋友争，争赢了，情义没了。争的是理，输的是情，伤的是自己。只有心静了，气顺了，才能淡定自如。学会了进退，就懂得了得失和取舍，那是一种大彻大悟。

认为自己没有问题，就是最大的问题；认为自己没有疏漏，就是最大的疏漏。当我们用一个手指指向别人的时候，必定有四个手指是对着你自己的。凡事先管好自己，多观察，勤思考，降伏内心，改造自我，比什么都要紧。

人的一生，你可以淡然地面对，也可以积极地把握。当你看不开，当你春风得意，当你愤愤不平，当你深陷痛苦之时，请想想，不管怎样，你总是幸运地拥有了这一辈子。懂你的人，自然懂你所有的心绪；不懂的人，没必要伪装你的样子。做回最真的自己，活着才不会累；做好最真的自己，不完美也许也是最美的。

回忆再美，也只是曾经，再也回不去，结束了就结束了，该继续的还得继续。人不能因为感情而失去自己，更不能为了失去而没了感情。有些风景再美丽，不属于自己的，不必太刻意；有些剧情再入胜，自己不是主角，不必太入戏。缘分的失去，是别离，也是选择的再继续；感情的失去，是放弃，也是放下的一种智慧。

生活就是你微笑一下，然后再去回味。生活也就是你痛苦一会，休息一会，然后再去擦掉眼泪。不要等到失败时，才记起他人的忠告；不要等到分离时，才后悔没有珍惜感情；不要等到别人指责时，才知道自己错了；不要等到腰缠万贯时，才准备帮助穷人；不要等到临死时，才发现要热爱生活。

抛开自己的固执己见，宽心做人，舍得做事，笑看风云淡，坐对云起时。原谅就是解脱，知足就是放下。告别过去，把心放平，一切会风平浪静；把心放正，一切会一帆风顺；把心放下，一切会淡然平静。

人的一生，不要过分去苛求，不要有太多的奢望，既然上帝不偏爱于我，不让我鹤立鸡群，不让我出类拔萃，又何必硬要去强求呢？金钱、权力、名誉都不是最重要的，最重要的是善待自己。就算拥有全世界，随着死去也会烟消云散。

【谦卑·低调】

低调做人是一种智慧，终成其高；谦卑做人是一种哲学，必成大器。谦卑在人前，所向尽通；傲慢在人前，寸步难行。

荣华富贵是很多人所向往的，但贵而不显，华而不炫，却不是每个人都能做到的。低调才是最有内涵的高调。

走在人生的路上，自己能做的事自己解决，遇到不能做到的事，要和能做到的人一起解决。一个人总要走陌生的路，看陌生的风景，听陌生的歌。经过了太多，就会发现，时光即使没有教会我们期望得到的知识，却让我们明白了，自己的能力并不是神话。要时刻记住，别把自己看得太高。

云不解释自己的高度，并不影响它耸立天际；海不解释自己的深度，并不影响它容纳百川；地不解释自己的厚度，但没有谁能取代它万物之本的地位。

以一颗谦卑心，看身边人；以一颗恭敬心，看身边事。为人谦卑，就是用平和的心态来看待世间的一切，修炼到此种境界，便能善始善终。

做人也不能太低调，太低调容易丧失斗志，太高调容易得意忘形。就像唱歌一样，如果你过于低调，就会跑调。过度考虑别人的感受，是一种对自己的不认同。当每做一件事都在考虑别人怎么看时，你其实已经在放弃自己了。总是活在别人的眼神里的人，等于从来不曾存在过。

放下自卑，把自卑从你的字典里删去。不是每个人都可以成为伟人，但每个人都可以成为内心强大的人。相信自己，找准自己的位置，你同样可以拥有一个有价值的人生。

无论何时何地，都应该保持谦逊，放低姿态，勤勉做事，低调做人。自诩与自傲是自轻自贱的表现，只有低调做人才是自珍自重的大理。

明・渐江・山水册页

【谨言·慎行】

谨言慎行，先管住自己的嘴，再支配好自己的腿。

事情没确认，先不说，好比钱没到账，万一变数你会尴尬；说话别夸张，为了一时效果惊人，你要付出不靠谱的代价。口无遮拦者都是只管自己说得爽，不管别人听的心情。背后不说是非长短，不看表面现象，猜测而不给别人下结论，因为猜测的都不真实。

不要盲目承诺要有信。种下行动就会收获习惯，种下习惯便会收获性格，种下性格便会收获命运，习惯造就一个人。

当你做对的时候，没有人会记得；当你做错的时候，连呼吸都是错。人不要太任性，因为你是活给未来的你。不要让未来的你讨厌现在的你。

管好自己的嘴，良言一句三冬暖，伤人一语六月寒。说话要用脑子，谨言慎行，不扬人恶，自然就能化敌为友。

不要信口开河，言多必失。你总认为你说的话别人不会知道，其实都会知道。一句无心的话，或许会引起一场纷争；一句善意的话，或许能让人心生美好。培植一个人需要千言万语，毁灭一个人往往只需要一句话。

以说话遭祸者，不在少数，无非爱逞利齿，爱论人长短、搬弄是非。而最冤枉的是那些人，本无心之语，被人道听途说、断章取义，致千古之恨。所以，如果从一开始就慎言，不是可以免去许多烦恼吗？为人处世，万不可忘记“祸从口出”之戒。

急事，慢慢地说；小事，幽默地说；没把握的事，谨慎地说；没发生的事，不要胡说；做不到的事，别乱说；伤害人的事，不能说；别人的事，小心地说。

谨慎出言，才能少去争端；三思量行，才会少生遗憾。

明·沈周·山水册页

【得失·心扉】

年复一年你看破了多少，日复一日你放下了多少，千方百计你得到了多少，精打细算你失去了多少，求之不得你烦恼了多少，斤斤计较你结怨了多少，天命终时你带走了多少。

人生很难，不要为难自己，洒脱一些；人生很苦，不要辜负自己，糊涂一些；人生很累，不要勉强自己，乐观一些；人生很短，不要看轻自己，努力一些；人生不平，不要苛求自己，宽怀一些。人生苦短难过百，何必长怀千年愁，打开心扉爱生活，坎坷人生随缘过。

人总是在失去的时候才猛然醒悟，原来的生活是如此地美好。以美好的心，欣赏周围的事物；以真诚的心，对待每一个人；以负责的心，做好分内的事；以谦虚的心，检讨自己的错误；以不变的心，坚持正确的理念；以感恩的心，感谢拥有的一切。

不要太在乎自己的得与失，得而复失、失而复得，犹如塞翁失马。世间没有永恒，要持以“得之我幸，失之我命”的心态去看待。不要计较人世间的是是非非，无论谁高谁低，谁富谁穷，还是谁先谁后，最终都要抵达生命的终点。为是非而争斗而徒伤元气，在生命的尽头回首一看，那些争斗犹如雨季里的一滴水，其实真的没有多大意义。

得而不喜，失而不忧。不畏得失，方能静心。回味生活的细节，不管心情好不好，机遇怎么样，你有责任先吃好每一顿饭，睡好每一个觉，打点自己，收拾自己。在生活的细节里，活好每一天，每一刻，每天对着镜子，对自己微笑三次，睡前感谢自己今天的一切。无论发生什么，先善待自己。

人生的成败得失，只在一念之间。心态不同，人生的境遇便会天差地别。只有修炼一颗淡泊宁静的心，才会风清月明。

得失看淡，尽心随缘。逆境时忍耐，顺境时收敛，得意时看淡，失意时随缘。简单才是享受生活的最高境界，是看透人生的智慧结晶。人生窄的不是路，深的不是苦，累的不是身，是思想、是感受、是心情。路边有路，悲中有欢，忙可偷闲，就看你自己如何去领悟。

清・赵之谦・花卉册页

【简单·复杂】

把别人想得太复杂，是因为自己不简单。人简单了，这个世界也就透明了。心灵的愉悦来自精神的富有，简单的快乐来自心态的知足。

人，一简单就快乐。小时候简单，长大了复杂；穷的时候简单，富有了复杂；落魄时简单，得势了复杂；看自己简单，看别人复杂；世界其实很简单，只是人心很复杂；其实人心也很简单，只是欲望很复杂。人，一旦简单了就快乐，但快乐的人寥寥无几；人，一旦复杂了就痛苦，可痛苦的人却比比皆是。

能把复杂问题简单化的人是人才，能把简单问题复杂化的是蠢材。简单是一种能力，是一种修炼，更是一种境界。小时候，幸福是件很简单的事；长大后，简单是件很幸福的事。复杂的事情简单做，你就是专家；简单的事情重复做，你就是行家；重复的事情用心做，你就是赢家。把简单的事弄复杂了是无所事事，把复杂的事弄简单了是大本事。越是复杂的问题，答案越简单，是复杂制造了问题，是简单还原了真相。

人为什么会烦恼？无穷地追逐物质生活上的富有，不尽地纠葛于人际关系上的利益，因为这两个方面都太复杂了，结果烦恼不断。如果你简单，这个世界就对你简单。简单生活才能幸福生活，人要知足常乐，宽容大度，什么事情都不能想得太复杂。心灵的负荷重了，就会经常怨天尤人。

我们只是职业有差别，而不是人格上有差异，不要把简单的事情复杂化，更不能把复杂的事情离奇化。把事做好是一种境界，把进步看成做事更是一种境界。

人生苦短，活着就要自我减压，并力求做到两个简单：一个是物质生活的简单，一个是人际关系的简单。有了这两个简单，你的心就会是宁静的。

一切问题，最终都是时间问题；所有烦恼，其实都是自寻烦恼。复杂的心爱计较，简单的心易快乐。什么事情都不能想得太繁杂，思虑过多，常常把你的人生复杂化了，那样会庸人自扰。心灵的负荷重了，就会对过去念念不忘，就会对未来忧心忡忡。简单生活才是幸福生活，人要知足常乐。

清・赵之谦・花卉册页

【惜缘·续缘】

人脉不是用来利用别人，而是用来帮助别人；人缘，不是有多少人认识我们，而是有多少人帮助我们；人气不是有多少人吹捧我们，而是有多少人在背后称赞我们。

肯低头，就不会撞门；肯让步，就不会碰壁。求缺的人才有满足感，惜福的人才有幸福感。

爱占便宜的人，终究占不了便宜，捡到一棵草，失去一片森林；心甘情愿吃亏的人，终究吃不了亏；能吃亏的人，人缘必然好，人缘好的人，机会自然多。

生命中，相遇的人很多，相知的人并不多；生活里，相识的人很多，相依的人并不多。如果生命中出现了一个懂你、爱你的人，一定要珍惜。有人对你好是因为你对人家好，有人对你好是因为懂得你的好。不懂珍惜，给你座金山也不会快乐；不懂宽容，再多朋友也终将离去；不懂感恩，再优秀也难以成功；不懂合作，再能干也难以大成；不懂满足，再富有也难以安宁。

只有惜缘才能续缘。在人生的路上，会遇到很多人，其实相遇就是一种缘分，善待身边的亲人和朋友。

很多事情，不是你想做就能做到的；很多东西，不是你想要就能得到的；很多人，不是你想留就能留住的。不要把什么都看得那么重要，失去的风景，走散的人，等不来的渴望，全都在缘分的那头等着你。

【包容·理解】

包容是人生最好的修养，征服一个人靠爱心，处好一个人靠包容。人与人之间，多一份理解就会少一些误会；心与心之间，多一份包容，就会少一些纷争。

人与人最短的距离叫拥抱，最长的距离叫等待，最看不见的距离叫包容。人生的高度，不是你看清了多少事，而是你看轻了多少事；心灵的宽度，不是你认识了多少人，而是你包容了多少人。

一家人，包容越多幸福越多；夫妻间，包容越多感情越浓；乡邻间，包容越多相处越好；朋友间，包容越多友谊越长；同事间，包容越多事业越顺。

想开一点，很多事不值得放在心间；看淡一点，不要太在乎别人的那张脸；简单一点，不要用他人给的尺子量自己的长短。

生活不是战场，无需一较高下，每个人所犯的错，都是人性中类似的弱点所左右的。没有包容心的人，哪怕别人对自己有十次好，只要有一次不好，前面的十次好就被全部抹杀。别人扶了自己一把，也许很快就会忘记，别人踩了一脚，也许会永远记在心里。

无法去控制别人的嘴，但依然要怀抱一颗淡然的心去看待一切纷扰。不和小人较真，因为不值得；不和亲人较真，因为伤和气；不和往事较真，因为没价值；不和现实较真，因为没功夫。忍耐不是懦弱，而是宽容；退让不是无能，而是大度。

无法改变别人的想法，可以改变自己的看法。花时间去讨厌自己所讨厌的人，你就少了时间去爱自己所爱的人；花时间去计较不该计较的事，你就少了时间去做该做的事。

人生路上，会遇到很多人，其实有缘才相聚。不要以自己的眼光和认知去评论任何一个人，要学会包容你遇到的每个人。只有做到以和为贵，得饶人处且饶人，才能多个朋友多条路。当你包容别人时，也就为自己积累了人气。其实心有多大，快乐就有多少；包容越多，得到越多。

明·徐渭·花卉写生册页

【乐观·悲观】

生气不如争气，抱怨不如改变，一个好心态可以使你乐观豁达，一个好心态可以使你正确对待面临的苦难，一个好心态可以使你淡泊名利，过上真正快乐的生活。

一生中会遇到不顺心的事，会碰到不顺眼的人，不学会调理心态，就会觉得心累。人世间的烦恼忧愁，恩恩怨怨，一切都会烟消云散，还有什么不能化解的呢？心情不好时，闭上眼，告诉自己这是幻觉。

我们喜欢仰望，喜欢比较。仰望别人的成功，感受自己的卑微；仰望别人的幸福，慨叹自己的不幸；比较别人的快乐，放大自己的苦痛。有些东西是无法比的，只要你快乐了，你不用比别人更快乐。当你盯着别人的时候，你就慢慢丢失了自己。你需要比较的，只是昨天的自己。

人生有没有来世，我们不知道，即使你相信有，也应该把这辈子先活好。从微笑开始，开心最重要。当你看不开、愤愤不平、身陷痛苦中，请不要悲观，不管怎么样，你还是幸运地拥有这一辈子。别为小事去计较，别为钱财去烦恼，别被贪欲去笼罩，别为情绪去困扰，别和他人去比较，踏上乐观的风火轮，甩掉紧紧跟随的悲伤。

人生不可能一帆风顺，有成功，也有失败；有开心，也有失落。一个暂时失利的人，如果继续努力，打算赢回来，那么他今天的失利，就不是真正的失败。相反的，如果他失去了再战斗的勇气，那就是真输了。

累了，请将心靠岸；错了，请不要后悔；苦了，才懂得满足；伤了，才明白坚强；醉了，才知道难忘；笑了，才体会幸福。

人的心灵是脆弱的，需要经常地激励与抚慰。常常自我激励，会使心灵快乐无比。学会给心灵松绑，就是要给自己营造一个温馨的港湾，常常走进去为自己忙碌疲惫的心灵做做按摩，使心灵的各个零件经常得到维护和保养。

明·渐江·山水册页

【心境·心静】

真正的智者，会看透世间的虚幻，无论在什么环境中，都能拥有一份平静而祥和的心境，所以就没有得失的烦恼。所有名利不过是过眼云烟，所有的纷争恩怨也能一笑了之。

一件事情的发生，衡量不出一颗心的淡定，而一颗心的淡定，却能影响一件事的解决结果；一个人的深度，衡量不了一颗心的从容，而一颗心的从容，却能彰显一个人的深度。让我们豁然开朗的，也许只是一个道理；左右我们心绪的，也许只是一个心结。不管天气怎样，给自己的世界一片晴朗；不管季节变换，让自己的内心鸟语花香。

不要因为小小的收获而惊喜，不要因为小小的麻烦而消沉。清空心灵的阴霾，心净才能心静，心静才能淡定。不要因为一些小事情，而让自己的心植入了心魔的病根。心魔是自己给自己套上的枷锁，放下了，它就消失得无影无踪。只有放下过去，放下不该有的念头，才能不让心魔滋生，才能获得心灵上的清静。

洒脱，是人生最美的心境。拥有这份心境，生活会多一些淡定、喜悦、平和，少一些浮躁、忧伤、抱怨。白天黑夜，总有人哭，有人笑；有钱没钱，总有人快乐，有人痛苦。你只看到他人前风光，没听见他背后叹气，你眼红他穿金戴银，他羡慕你一觉睡到天明，烦恼来自攀比，心静因为知足。

生活要一个自由的环境，思考要一个独立的环境，工作要一个宽松的环境，但一个环境的好坏却来源于你是否有一个好的心境，一个好的心境源自你自己的心静。

这个世界什么样的人都有，你去为名奋斗的时候，别人视名为粪土；你去为利不顾一切的时候，别人倒是觉得活着就是一种满足；你把一切东西往回拿的时候，别人却把该施舍的给人了。

同样是人，不同的心境却造成了不同的人生结果。真正的苦和乐，不在于当下所发生的每件事，而是在于当初为什么要去做这件事。你给自己一个什么样的姿态，生活将还原你一个什么样的人生。

心静才能听到万物的声音，心清才能看到万物的本质。不同的心境，看的是不同的景致，也体味全然不同的人生。同样的境遇，有的人仿佛置身天堂，有的人感觉如处地狱。

金钱与物质，很多时候会给我们带来恐慌与不安，在这个浮躁的年代，需要让自己的心灵回归自然，给自己的世界一种平静的心境。

【宽容·计较】

人与人之间需要宽容。宽容是一剂良药，它能挽救一个人的灵魂。宽容就像一盏明灯，能在黑暗中放射着万丈光芒，照亮每一个心灵。心若计较，处处有怨言；心若放宽，时时是春天。

生活不是战场，无需一较高下。人与人之间，多一份理解就会少一些误会；心与心之间，多一份宽容，就会少一些纷争。对人宽容，就是对己宽容；善待别人，其实就是善待自己。

人生，有多少计较，就有多少痛苦；有多少宽容，就有多少欢乐。痛苦与欢乐都是心灵的折射，就像镜子里面有什么，决定于镜子面前的事物。心里放不下，自然成了负担，负担越多，人生越不快乐。自私的心爱挑剔，简单的心易快乐；宽容的心如口袋，计较的心如漏斗。人往往把自己看得过重才会患得患失，觉得别人必须理解自己。其实，人要看轻自己，少一些自我，多一些换位，才能心生快乐。

别太计较，那是一种生活态度。等公交的时候，因为有人插队，结果给自己落下一肚子怨气，你从此不愿意坐公交车；旅游的时候，经常出现导游宰客的现象，于是你错过了很多旅游的机会；吃饭的时候，你不小心卡到了鱼刺，从此再也不敢吃鱼。生气是因为纠结，怨恨是因为伤害，但对于别人，却毫发无损。所以，有些事，根本无需太计较，很多时候，钻牛角尖不但于事无补，反而只会让自己走进死胡同出不来。

一个宽容的人，往往是一个有格局的人。格局决定人生布局，人的发展往往受局限，其实“局限”就是格局太小，为其所限。事事不能太精，太精无路；待人不能太苛，太苛无友。懂得退让，方显大气；学会宽容，方显大度。忍耐不是懦弱，而是宽容；退让不是无能，而是大度。

时间，不一定能证明许多东西，但一定会让你看透许多东西。如果碰到一点挫折就爬不起来，如果听到些许坏话就不能释怀，如果动不动就因为生活中的不顺心而抱怨不已，那你就太过于计较了。

人要有一颗宽容之心，要能容天下难容之事。所谓心有多大，快乐就有多少；宽容越多，得到越多。

明·徐渭·花卉写生册页

【涵养·气质】

一个人的涵养，不是心平气和时的优雅大度，而是风雨欲来时的冷静和沉稳。有涵养的人，严肃而不孤僻，活泼而不放荡，热情而不轻狂，随和而不盲从。

赏析别人是一种境界，善待别人是一种胸怀，关心别人是一种品质，领会别人是一种涵养。涵养不会束缚人的能力，而总是让人释放出更大的活力。涵养不在于外表的体面，而在于内心的丰富。

瘦子永远体会不到胖子站在秤盘上的忧伤，胖子永远体会不到瘦子被人推倒时的凄凉。学会体谅就是一种大度，是一种涵养。

当别人把你当回事时，不要把自己当回事；当别人不把你当回事时，一定要把自己当回事。学会自信就是一门艺术，是一种涵养。

把自己当别人，减少痛苦，平抑狂喜；把别人当自己，同情不幸，理解需要；把别人当别人，尊重独立，减少侵权；把自己当自己，珍惜生命，自己找乐。无论你今天怎么用力，秋天的落叶总会飘零下来，遵循自然规律，你可以避免徒劳后的忧伤。

言行举止皆学问，一个有涵养的人，会由内而外，形成他独特的人格魅力，这种魅力就是气质。气质是春雨的沛润，是夏风的迤逦，是秋阳的甜美，是冬云的飘逸。

健康篇

健康是无形资产，保健是银行存款，疾病是恶性透支，大病是倾家荡产。

【健康·内涵】

健康是什么？吃得饱睡得着，早晚精神好；腰好腿脚好，医院跑得少；自己不受罪，亲人不受累；少报医药费，多领养老费。

健康不是一切，但是没有健康就没有一切。财富可以迟，健康不能等，身体垮了，人生的一切都没了。

穷人失去健康，等于雪上加霜；富人失去健康，等于半辈子凄凉；老人失去健康，天伦之乐成为奢望；儿童失去健康，父母会痛断肝肠。

做健康的人，讲健康的话，做健康的事，享健康的福。人这一辈子，没了健康就是白忙；没有了健康，你的生命也就终止了。要想健康，必须要将一切保护性的措施全部跟上，一刻也不能松懈。身体才是属于你的最重要的资本，只有健康，才是无价之宝。

生命没有回头路，健康是条单行线。向生活要质量，活得好；向心态要妙方，活得长。

人生最大的财富是健康，人生最大的幸福也是健康。金钱和权力不一定给你带来幸福，舒适和安逸不一定给你带来健康。心理健康是情绪的晴雨表；身体健康不仅是幸福的保障，也是幸福的源泉。

【健康·金钱】

得到金钱的人，未必拥有快乐；得到快乐的人，未必拥有健康。金钱无需万贯，够花就行；寿命不求百岁，健康就行。

健康是无形资产，保健是银行存款，疾病是恶性透支，大病是倾家荡产；辛辛苦苦几十年，一场大病回从前，爱妻爱子爱家庭，不爱健康等于零，爱岗爱钱爱成功，不爱健康一场空。

人生最大的错误，是用健康换取身外之物。没有任何东西比得上健康，牙疼的时候，才知道大鱼大肉摆在面前也没用，生病的时候，才明白坐拥金山银山也没办法花。

一个男人拼命赚钱却不注意健康，也许是在给另一个男人打工。一个女人拼命省钱却不注意保养，也许是在给另一个女人腾地方。保护好自己的身体，珍惜你现在拥有的。

投资健康是赚钱，有人说不是；得了大病花万千，不是也得是。朋友相约去健身，有空也说忙；阎王召见命归西，没空也得去。

中外养生，各有不同。不同的人对健康的认知有所不同。认知是行动最好的导师。对于健康，观念不同，行为各异。有的人用一百块钱养生，五十块钱买保险，十块钱看病，一块钱抢救。有的人用一块钱养生，十块钱吃药，五十块钱看病，一百块钱抢救。

救护车一响，一年猪白养。住上一次院，三年活白干。十年努力奔小康，一场大病全泡汤。小病拖，大病扛，等到病危见阎王。什么最昂贵？健康最贵。什么楼最高？医院楼最高。什么地方人最挤？医院排队挂号人最挤。什么消费不打折？住院看病不打折。现在不养生，以后病床躺一生；现在健康不投资，以后钱再多都是银行卡上的数字。

明·沈周·山水册页

【健康·生命】

有什么也别有病，缺什么也别缺健康，身体健康，生活才会有质量，生命才会更长久。生命是有限的，健康是无价的。没有了健康的身体，一切就都不是你的，活着就是福气。

高官不如高寿，高寿不如高兴；不怕待遇低，就怕命归西；不怕挣钱少，就怕走得早。

有的人，他勤奋敬业、心地善良，通过自己的努力拼搏，终于打拼了一片天地，让家人过上了好日子。可以说，他是一个孝顺体贴的好男人，也是一个称职的好丈夫。然而，三十多岁的他，为了家庭和事业，不惜透支了自己的身体，最终老天也并没有因为他是一个好人而放过他，还是把他带到了另外一个世界。我们在亲人的欢笑声中诞生，又在亲人的悲伤中离去。我们无法控制自己的生与死，多数人到了年迈的时候，才能体会到健康长寿比荣华富贵更重要。

可以有人替你开车，替你赚钱，但没人替你生病。什么东西丢了永远找不回来？那就是生命。

什么床最贵？医院的病床最贵。多数人，在生命的最后，几乎花光一生的积蓄，吃遍大量有毒副作用的药，再多开几次刀，留下一屁股账，然后撒手而去。

如果你小病一场，你会发现金钱不重要，家人和身体最重要；如果你大病一场，你会发现金钱特别不重要，身体和家人特重要；如果你生命垂危，估计你愿意放弃当下一切的金钱和名利，去换回你认为重要的东西。人，其实不需要太多的东西，只要健康地活着，真诚地爱着，充实地忙着，也不失为一种富有。遗憾的是，这个世上大部分人都是好了伤疤忘了痛，不见棺材不流泪。当看到这段话的时候，你要更加坚定地相信，健康才是生命中最重要的。

清·高其佩·花鸟册页

【健康·微笑】

一日三笑，人生难老；一日三恼，不老也老。笑口开，病不来；笑一笑，十年少。生活像镜子，能照人影子，你哭它也哭，你笑它也笑。

房宽楼宽，不如心宽；千好万好，不如笑好。大笑养心，大怒伤身，注重养身，先学养心。养身养心，健康之本。

天天常笑容颜俏，七八分饱人不老，逢君莫问留春术，淡泊宁静比药好。

一笑烦恼跑，二笑怒气消，三笑憾事了，四笑病魔逃，五笑人不老，六笑乐逍遥。天天开口笑，寿比彭祖高。

日出东海落西山，愁也一天，乐也一天。每月领取退休金，多也喜欢，少也喜欢。相聚谈论天下事，古也谈谈，今也谈谈。别人有难我去管，与人方便，与己方便。闲着没事街上转，这里看看，那里看看。你我对弈图消遣，赢也三盘，输也三盘。不攀不比不恼烦，心也舒坦，身也舒坦。孙子孙女同样看，爸也喜欢，妈也喜欢。夫妻老伴关心互照管，你也坦然，我也坦然。天天欢乐笑开颜，不是神仙，胜似神仙。

人老有五乐：不闲着，偷着乐；不累着，开心乐；不气着，乐呵呵；有老友，很快乐；有老伴，舒心乐。

【健康·饮食】

疾病是不健康的饮食造成的，愈营养愈危险。健康的身体，离不开良好的饮食习惯。

宁吃鲜桃一口，不吃烂桃一筐。不为百年累，宁做一日仙。

早上吃好，中午吃饱，晚上吃少。现在的人，相反了。早餐马虎，晚上大吃大喝，这就是百病之根。要做到吃皇帝的早餐，大臣的中餐，叫花子的晚餐。

早餐三字经：睡一宿，起得早。脾和胃，受不了。吃早餐，要吃好。营养足，精而少。好习惯，别断了。

午餐三字经：紧忙活，一上午。肚子饿，咕噜噜。快进餐，别耽误。多吃菜，别含糊。舍精细，食宜粗。七成饱，就打住。

晚餐三字经：忙一天，得清闲。工夫茶，泡一碗。晚吃少，不吃咸。稀与干，清与淡。搭配好，图舒坦。

入口三字经：早中晚，吃三餐。饮不语，食不言。细细嚼，慢慢咽。宁吃淡，勿吃咸。多吃热，少吃寒。多吃软，少吃硬。别挑食，五味全。病入口，很麻烦。把握好，卫生关。

食不厌多，多则无益。食不厌精，难保生病。食不厌杂，营养均衡，五谷杂粮，身体康宁。“黄金作物”老玉米，营养保健无能比。“营养之花”大黄豆，抗癌蛋白最优秀。小米镇静又安眠，除湿健脾肠胃安。荞麦燕麦有三降，降压降脂降血糖。山药土豆红白薯，常吃不用进药铺。

五谷加红枣，胜似灵芝草。豆腐配海带，常吃除病害。白菜萝卜汤，益寿保安康。心虚气不足，桂圆小米煮。

萝卜木耳不同吃，吃了容易生鼻炎。香蕉相克马铃薯，同吃面部要起斑。洋葱蜂蜜也不合，同吃就会伤眼睛。柿子红薯若同吃，体内容易成结石。鸡肉青菜也相忌，同吃就会伤元气。黄瓜不可就花生，同时进食会伤身。

绿茶豆汁葡萄酒，抗癌健身命长久。酸奶蘑菇骨头汤，延年益寿保健康。

植物花粉，美容健肾。西红柿营养丰富，熟吃抗多种癌症。黑木耳净化血液，防治心梗脑梗。大蒜洋葱红萝卜，抗癌养颜降血脂。

三天不吃青，两眼冒金星。多吃水果多吃菜，清理肠胃又补钙。降压降脂又防癌，健身防病心愉快。

【健康·烟酒】

最不健康的生活习惯，一是吸烟，一是酗酒。为了身体健康，戒烟限酒不可小视。

几杯酒下肚，你可能有一些自信满满、飘飘欲仙的感觉，遗憾的是，这些都是幻觉。酒精不仅影响着思维判断的准确性，更直接危害着肝脏的健康。

感情深，一口闷；感情铁，喝出血；感情浅，喝一点。看上去是豪言壮语，实际上是不负责任，不顾后果。酒后失态，酒后失言，酒后乱性；借酒出狂言，酒后事故多。喝酒的人，借酒消愁愁更愁。

烟有百害，而无一利。心律加快血压高，血管收缩血脂高，损伤脏腑刺激脑，咳嗽吐痰成疾痨。不见蓝天白云飘，但愿烟雾眼前消。吞云吐雾，伤害身体，污染环境，损人害己。

只要感情有，喝啥都是酒；只要兄弟感情深，端起杯子就开心；只要你我感情好，能喝多少喝多少；只要感情到了位，不喝也会很陶醉；酒逢知己千杯少，能喝多少算多少。天上无雨地下旱，以茶代酒算不算，这样猛喝老天怨。

气血旺旺心脏健，身体壮壮神魄安。酒肉过量气血乱，节食少腻脾可健。

【健康·长寿】

返璞归真，顺其自然；有氧运动，走进自然；合理膳食，朴实天然；与世无争，心胸坦然。

春季气温多变，天气忽热忽寒。注意春捂秋冻，谨防咳嗽肺炎。夏季昼长夜短，天气炎热困倦。浑然冒汗入睡，千万别吹电扇。秋雨秋风秋寒，气温时常变换。注意增减衣服，以防感冒传染。难得冬练三九，健身祛病添寿。注意膳食进补，开春体壮如牛。

最好的医生是自己，最好的药物是时间，最好的心态是宁静，最好的运动是步行。

把住病从口入关，身体健康寿命添。少吃有滋味，多吃伤肠胃。饭后百步走，天天精神抖。人强人欺病，人弱病欺人。人勤病就懒，人懒病就勤。

人想健康，又想长寿。两全其美，何乐不为？合理膳食，清心寡欲。勤于动脑，修身养性。与人为善，老有所为。

遇事不恼，长生不老。不气不愁，活到白头。快快乐乐长命，气气恼恼恼成病。吐出苦衷心放松，憋在心里要生病。节食寡欲又清心，延年益寿又健身。

忧愁脑后抛，心宽可延年。走步多锻炼，常打太极拳。起居有常规，饮食有节点。性格要开朗，快乐每一天。

健全的人格精神抖擞，平常的心态细水长流，和谐的生活无虑无忧，慈善的心怀增福增寿。

【健康·防病】

病从口中入，寒从脚下起。无病要早防，有病要早治。病来之则安之，树立信心，积极治疗。战胜病魔，恢复健康。

手机和微机，都有电磁波。使用这两机，注意防辐射。辐射危害大，致使怪病多。海藻螺旋藻，都能防辐射。防病意识强，避免有恶果。

三分治病七分养，八分护理十分防。忙着治病不忙防，没有忙到点子上。冬病夏治，慢病常治。只用药疗，缓解当时。治标不治本，疾病难除根。

冬吃萝卜夏吃姜，不用医生开药方。多吃水果多吃菜，防病健身心愉快。饮食节制要适量，恰到好处身体壮。神疗重于食疗，食疗重于药疗，防病重于治病。药补食补，莫忘神补。药疗食疗，莫忘神疗。欲得长生，肠胃常清。春捂秋冻，不生百病。

有动有静，动静相济。一张一松，预防疾病。动后血通，血通气行。气行神爽，祛病健康。静后而定，定后而安。安后神怡，无病健体。

【健康·锻炼】

世上无难事，只要肯登攀；要想身体健，就得肯锻炼。不怕不成功，就怕心不诚。不怕练不成，就怕心不恒。

运动能代替劳动，而劳动不能代替运动。生命在运动，健康在保健。走一走，跑一跑，青春似火在燃烧；唱一唱，跳一跳，健康运动乐淘淘。

锻炼能排除胸中积郁，稳定健康情绪；锻炼能化解恶习暴戾，生发蓬勃朝气；锻炼能缓其急躁，排其毒素，顺其肠胃，明其耳目，舒其筋骨，壮其四肢，和其血脉，润其皮肤，健其大脑，强其脏腑。

若要身体健，走路手不闲；捶胸又敲背，旋腹又摩面；敲打两腿侧，伸指又握拳；挠首屈十指，揉眼把耳弹。

逍遥自由自在，缓步舒筋活血；动静蓄锐相宜，意行气血贯通；快慢交错变换，摆臂潇洒自如。

运动要经常，健身要适度。四肢轻松清肺气，健心健脑通肠道，体魄强健精力旺，青春常驻老不了。

【长寿·药方】

长寿三字经：要早睡，要早起。戒烟酒，忌暴食。无过饱，无过饥。常沐浴，勤更衣。多运动，练身体。心要静，精要盈。勤用脑，不烦恼。抱乐观，天天笑。种花草，养鱼鸟。学书画，乐逍遥。

不贪杯中酒，饭后百步走。盘中有素食，安步当车舟。勤劳自动手，太极刚中柔。开窗空气新，早起又早休，常晒日光浴，坦荡乐悠悠。人若照此行，何愁登高寿？

长寿六戒六要：一戒纵欲，要少酒多茶；二戒名利，要勤劳锻炼；三戒吸烟，要心胸开阔；四戒暴食，要细嚼慢咽；五戒郁闷，要宁静致远；六戒孤僻，要自找乐趣。

长寿秘诀：多喝白开水，饮食七分饱，日行一万步，合理饮食，有氧运动，心态平衡。如此就可轻轻松松活到米寿，活不到米寿那就是你的事。

精固则气聚，气聚时神凝，神凝则形全，形全则体健。疾病不得生，益寿又延年。

【养心·养生】

中医最高的境界是养生，养生最高的境界是养心。看一个人也是一样，观相不如观气，观气不如观心。

一片慈爱心，二寸好肚肠，三颗正气丸，四两宽恕膏。净化心灵，升华境界，平静心态，荣辱不惊。

人生病的时候，要安然顺受，让心安定，然后慢慢调理，健康很快恢复。心定则气和，心安才能气顺，气顺才能病除。

生命质量在于健康，保持健康源于养生。基本吃素，每天散步，保持乐观，是养生三宝。

人生不过三万天，没有任何东西比得上健康，没有任何灾难比得上病魔。与其为病痛暗自流泪，不如早点养生为生命添彩。忧虑和愤怒是损害健康的腐蚀剂，乐观和欢笑是养生保健的金钥匙。

不能饿了才吃，不能渴了才喝，不能困了才睡，不能累了才歇，不能病了才治，不能老了才养生。

以动为健，以静为康。动以养形，静以养神。动静结合，相互促进，精血两旺。神采奕奕，强身安神，方能健体。

【保健·秘方】

养生孰为本，元气不可损；养生孰为先，养心须乐观。养生先养身，养身先习动；养生先养心，养心先习静。

膳食营养要均衡，热量消耗需得体，生理功能讲协调，体内水分要充足，心理状态保健康。

人生不在年龄，贵在心理年轻；养生不在刻意，贵在自然顺心；锻炼不在朝夕，贵在持之以恒；休息不在早晚，贵在规律养成；情趣不在雅俗，贵在和睦温馨；生活不在显达，健康快乐就成；朋友不在贵贱，知音胜过黄金；距离不在远近，常来常往最近。

千平衡，万保健，心理平衡是关键；千养心，万养生，心理保健是真经。

每临大事有静气，处在逆境见修身，铮铮铁骨雄风在，最美不过精气神。

心胸狭隘鼠目寸光，宽宏大度心纳百川；斤斤计较寸步难行，心旷神怡健康在线。

人有泰然之秉性，必有健康之心态。人有健康之心态，必有生命之常青。

【健康·心态】

心态是健康的精神支柱。养生贵在养心，养成一颗平常心；心境贵在宁静，保持一颗淡泊心。

高兴与悲伤，快乐与凄怆，欣慰与苦闷，安详与彷徨，振奋与萎靡，宽松与紧张，愉快与痛苦，喜悦与憎恶，欢欣与惆怅，前者促进健康，后者诱发病恙。

追逐名利太累，斤斤计较太烦，患得患失太苦，怨天尤人太忙，发怒是用别人的错误惩罚自己。烦恼是用自己的过失折磨自己，后悔是用无奈的经历摧残自己，忧虑是用虚拟的未知惊吓自己，消极不良的心态导致机体免疫功能下降，疾病乘虚而入，严重危害健康。

老年生活安排好，自我调节最重要，七情六欲要节制，遇到烦恼自己了。活动筋骨身体好，勤于书画多动脑，坚持每天看看报，戒烟戒酒寡欲了。

居住环境清洁好，吹拉弹唱乐趣高，一日三餐有味道，心情舒畅病跑了。街坊邻里关系好，见面问候笑一笑，谁有困难帮一把，亲如一家和谐了。

突发事件处理好，不可盲目心急躁，冷静沉着多思考，化险为夷没事了。善待疾病心情好，配合医生看疗效，生老病死一条道，自然规律就是了。

【健康·情绪】

喜怒哀乐，七情六欲，悲欢离合，人之常情。情绪变化，因人而异，或情或绪，或风或雨，贵在调节，把握自己。

喜：人逢喜事精神爽，大喜过望需思量；喜事好比花开落，桃花流水恋春光。怒：怒火伤肝气伤心，自我伤害休怨人；嚼碎怒字肚里咽，如何保健一颗心。哀：哀伤哀情诚可忍，哀莫大于已心死；心死如何再复活，解铃还须系铃人。乐：知乐常乐少忧烦，人生得意须尽欢；乐极生悲巧成拙，过好平常每一天。

不气歌：人家气我我不气，气出病来没人替。若要气病谁如意，中了别人小诡计。病来请医把病治，说是气病没法医。被人气病太恐惧，就怕阎王叫了去。人人知道气无益，不气不气不生气。

喜过伤心，怒过伤肝，恐过伤肾，思过伤脾，悲过伤肺，人之所忌。五情伤身，切莫大意。

心静则气平，气平则气和。怒则气上，惊则气乱，悲则气消，喜则气缓，恐则气下，忧思气结。心理变化，生理变化，功能失调，病理变化，七情内伤，诱发病恙。

怒伤肝，喜伤心，悲伤肺，忧思伤脾，惊悲伤肾，百病皆生于气。

生活中，要保持冷静、淡定、豁达的良好心态。一戒大怒，二戒大欲，三戒大醉，三戒之中，大怒为首，制怒有方。

冷静：怒是一把剑，扬眉不出鞘；淡定：怒是一把火，火苗用水泼；抑制：怒是魔鬼秀，露头必斩首；清醒：怒是一面镜，照人先照心；发泄：怒气冲牛斗，面壁大声吼。

清·任伯年·杂画册页

后记

我的脚印留在这里

写完《走近智慧》这本小书，近30年火热的军旅生涯，就像话剧般一幕幕在我眼前掠过。

18岁以前，我生活在故乡湖北汉川老家。我的脚印，留在了乡间的小路，留在了插秧的稻田，留在了挖藕的池塘，留在了父老乡亲的身边。1986年，我参军来到武警广东省总队。于是，我命运的脚印便从这里开始。军旅30年，一路走来，有坦途也有曲折，有艰辛也有快乐，留下多少脚印，只有路知道，我只知道，那些打在我心中的人生烙印。

脚印化为烙印，烙印中有学习。学习只有起点，没有终点。求知的欲望越强烈，就感知自己越渺小。渺小的感觉很好，有了渺小的身架，才能有大视野、大角度。这视野，就是文化的博大精深；这角度，就是智慧的所向披靡。

脚印化为烙印，烙印中有感悟。那就是，触摸人生的美丽心灵，荟萃生活的哲思心语，体味强者的励志回声，绽放灵魂的智慧光芒。脚踏实地生活，一步一个脚印，别人看在眼里，自己记在心里。

脚印化为烙印，烙印中有感恩。感恩各级领导的关心培养，如春风化雨，滋润我的追求；感恩各位战友的热心帮助，如手足兄弟，情暖我的心怀；感恩家乡父老的殷殷期望，催促我快马驰骋。有了这么多的激励，我不敢懈怠，只有怀着感恩之心，一点一滴地学习，一朝一夕地积累。

2009年，我曾出版了《新时期部队建设箴言妙语精粹》一书，得到了来自各方面的一些鼓励。经过几年的积累，又编写了这本《走近智慧》以作为前书姊妹篇。

因水平有限，这本书难免有粗疏和不妥之处，恳请读者朋友批评指正。在编写过程中，汲取了诸多同志的有益经验和宝贵意见，在此表示诚挚谢意。

魏文涛

2015年4月8日